커플을 위한 러브 다이어리

오늘부터 _____ 1일

오늘부터 _____ 1일

· 글 김지야

· 그림 선미화

조선북

사랑을 기록하는 일은 새싹에 물을 주는 일과 같아서 한 번 기록할 때마다
사랑이 한 뼘씩 자라난답니다.

사랑이라는 소중한 순간을 기록하세요!
세상에 하나뿐인 둘만의 러브 다이어리를 만드세요!
이 책을 손에 든 오늘부터가 1일.
100일간의 아름다운 기록이
두 사람의 사랑을 쑥쑥 키워줄 거예요.

♥ 준비물

첫 만남부터 지금까지 연인과의 시시콜콜한 이야기, 약간의 상상력과 끼기, 글씨를 예쁘게 쓸 수 있게 도와주는 펜(빨강, 파랑 등), 컬러링을 위한 색연필, 한두 번쯤 필요한 가위와 풀

♥ 작성법

Step 1 100일간의 사랑의 기록을 시작할 준비가 되었나요? 이제부터 다이어리를 펼쳐 사랑의 기록을 남기세요. 차근차근 예쁜 글과 그림으로 페이지를 채워나가는 거예요. 가끔 밀린 숙제를 하듯이 여러 페이지를 한꺼번에 쓴다든가 며칠씩 건너뛰는 일이 발생한다면? 당연히 괜찮습니다.

Step 2 각 페이지의 빈칸을 채워 문장을 완성합니다. 때로는 짧은 문장을, 때로는 꽤 긴 문장을 써야 하지만, 두려워하지 마세요. 무얼 써야 할지 막막할 때는 Guide로 제시된 예문을 참고하면 되니까요. 이때 약간의 상상력이나 위트, 진실함과 애정을 더하면 그 어떤 시도 부럽지 않은 멋진 문장이 완성됩니다.

Step 3 가끔은 그림을 그려야 할 때도 있어요. 그림 솜씨가 없다고요? 무슨 상관이에요. 정성을 다해 그렸다는 사실만으로도 충분히 사랑스러운 걸요.

♥ 활용법

혼자 쓰기 100일 동안 정성스럽게 다이어리를 쓴 후 연인에게 선물하세요. 100일, 밸런타인데이, 크리스마스, 생일 등 특별한 날의 선물로 더할 나위 없이 좋답니다. 내 서랍 속에 잘 간직해두었다가 3년쯤 지난 후에 함께 펼쳐보는 방법도 있겠네요.

함께 쓰기 100일 동안 연인과 함께 다이어리를 써나갈 수도 있어요. 나와 연인이 각각 한 권씩 다이어리를 나눠 가진 다음, 다이어리를 채워나가는 거죠. 다이어리를 다 쓴 후에 서로 교환하면 더 재미있을 거예요.

♥ 효능과 효과

빈칸을 채워나가다 보면 사랑에 대해 많은 생각을 하게 됩니다. 설렘, 열정, 후회, 감사 등 여러 감정을 떠올리게 되고, 둘 사이에 있었던 일들을 회상하거나 앞으로의 일들을 상상해보게 되지요. 한 페이지 한 페이지 채워나가면서 이런 과정들을 거듭하면 연인에 대한 이해와 사랑이 한층 더 깊어집니다. 어린 싹이 쑥쑥 자라 의젓한 나무가 되듯이, 어느새 훌쩍 자라 있는 둘의 사랑을 발견하게 될 거예요.

LOVE

DIARY

_____ & _____

FROM

TO

첫 만남

연인과의 첫 만남을 떠올려보세요. 처음 만났던 때, 장소,
만나게 된 계기 등을 생각하며 빈칸을 채워주세요.

우리는

_____

언제

_____

어디서

_____

어떻게

만났지.

♥

GUIDE ① 우리는 <u>어느 여름날</u>, <u>지하철역에서</u>, <u>당신이 내게 우산을 씌워준 걸 계기로</u> 만났지.
② 우리는 <u>2016년 3월 7일</u>, <u>강의실에서</u>, <u>〈현대 미술의 이해〉 과목을 듣다가</u> 처음 만났지.

사랑의 십계명

연인 사이에 이것만은 꼭 지켜야 한다고 생각되는 것들을 잘 생각해본 다음,
빈칸을 채워 사랑의 십계명을 완성해보세요.
아홉 번째는 직접 내용을 생각해서 써넣어주세요.

하나, 항상 서로에게 예쁜 말 하기

둘, 절대로 _____ 만은 하지 않기.

셋, 최소한 _____ 에 _____ 번 연락하고,

_____ 에 _____ 번 데이트하기.

넷, 서로의 _____ 을(를) 남에게 말하지 않기.

다섯, _____ 만은 잊지 말고 챙기기.

여섯, 힘들 때 _____ 주기.

일곱, 의심하지 않고 믿어주기.

여덟, 미래를 위한 준비를 게을리하지 않기.

아홉, _____ 기.

열, 화가 나도 절대 _____ 만은 하지 않기.

사랑이란…

하트 모양 안에 예쁜 손글씨로 사랑에 관한

아름다운 문장을 써보세요. 직접 창작해서 써도 좋고,

오른쪽 페이지에 소개된 문장 중에 마음에 드는 것을 골라서 써도 좋아요.

아름다운 사랑의 문장들

♥
사랑은 처음부터 풍덩 빠지는 건 줄 알았지
이렇게 서서히 물들어버리는 건 줄은 몰랐어.
_ 영화 〈미술관 옆 동물원〉 중에서

♥
사랑은 바람과 같아서 볼 수는 없어도 느낄 수는 있어.
_ 영화 〈워크 투 리멤버〉 중에서

♥
용기 있다는 것은 답례로 아무것도 기대하지 않고
누군가를 무조건적으로 사랑하는 것이다.
_ 가수 마돈나

♥
세기의 사랑일지라도 참고 견뎌내야 한다.
_ 디자이너 가브리엘 샤넬

♥
더 많이 사랑하는 것 외에 다른 사랑의 치료 약은 없다.
_ 작가 헨리 데이비드 소로

♥
사랑이란 서로 마주 보는 것이 아니라
함께 같은 방향을 바라보는 것이다.
_ 작가 생텍쥐페리

♥
낱말 하나가 삶의 모든 무게와 고통에서 우리를 해방한다.
그 말은 사랑이다.
_ 작가 소포클레스

♥
우리 삶에서 가장 위대한 일은
누군가를 사랑하고 또 사랑을 받는 것이다.
_ 영화 〈물랑 루즈〉 중에서

♥
인생에서 최고의 행복은
우리가 사랑받고 있음을 확신하는 것이다.
_ 작가 빅토르 위고

♥

색깔로 읽는 이상형

연인에게 어떤 색깔의 스웨터를 선물받고 싶은가요?

원하는 스웨터 컬러를 빈칸에 쓰고, 색연필로 쓱쓱 색칠도 해보세요.

나는 당신에게

_____ 색 스웨터를 선물받고 싶어.

옷 색깔이 알려주는 연애 타입

선택한 스웨터의 색깔에 담겨 있는 당신의 연애 심리를 알려드릴게요.
스웨터의 색은 바로 당신이 바라는 이상적인 연인의 모습입니다.

Red

뜨거운 사랑을 꿈꾸고 있는 당신!
너무 진지하거나 어른스러운 남자보다는 친구같이
격의 없으면서도 정열적인 남자가 잘 어울려요.
자주 다툴 수는 있겠지만 알콩달콩 재미난 연애를 합니다.

Pink

사랑에 대한 낭만을 간직한 사람이군요. 언제나 로맨틱한
연애를 꿈꾸고 있어요. 멋진 이벤트나 선물, 달콤한
사랑의 말들을 들려주는 연인이라면 아름다운 사랑을
가꿔갈 수 있어요. 귀여운 애교, 정성 가득한 선물 등을
받으면 그만큼 넘치는 사랑을 돌려주는 타입이에요.

Blue

연애에서 중요한 건 생각과 말이 통하는 것이라고
생각하고 있네요. 맛있는 커피 한 잔, 케이크 한 조각을
앞에 놓고 연인과 즐거운 대화를 나누거나 같이 취미
생활을 하는 것만으로도 행복해지죠. 잘 통하기만 한다면
현실적인 조건 따위는 안중에 없겠네요.

White or Beige

당신은 겉으로는 강하거나 무뚝뚝해 보이지만 사실은
상처받기 쉬운 사람이에요. 사랑에 있어 소심한 편이기에
어른스러운 연인이 필요합니다. 사랑을 할 때 망설이고
걱정하는 당신에겐 자신감을 주고 감싸주는 사람이야말로
최고의 연인.

♥

너를 생각해

연인과 함께 머릿속 생각을 적어보세요.
왼쪽 페이지는 당신이, 오른쪽 페이지는 연인이 써넣으면 돼요.

나의 머릿속은 온통 당신 생각뿐…

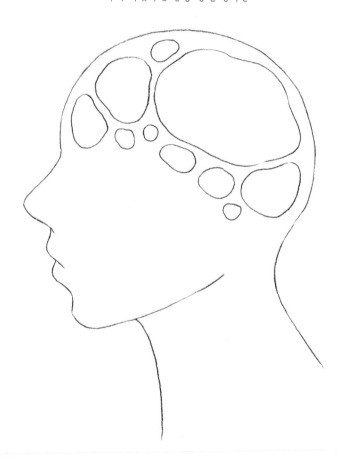

♡

당신의 머릿속에는‥

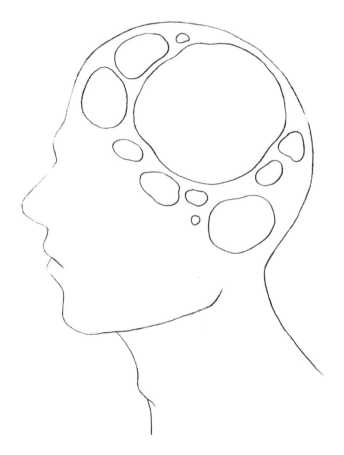

without You

두 사람은 서로에게 꼭 맞는, 꼭 필요한 존재예요.
빈칸을 채워 그 마음을 표현해보세요.

당신 없는 나는 ＿＿＿＿＿ 같아.

당신 없는 나는 단팥 없는 단팥빵 같아.
나 없는 당신은 배터리가 방전된 핸드폰 같아.

나 없는 당신은 _____ 같아.

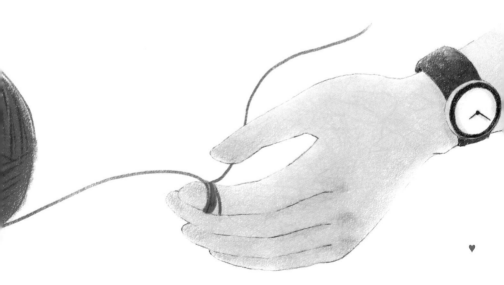

별자리 사랑학

연인과 나의 별자리를 빈칸에 써넣어주세요.
그리고 옆 페이지의 별자리별 연애 스타일을 보면서 연인과
좀 더 예쁜 사랑을 키워나갈 수 있는 지혜를 얻어보세요.

당신은 _____자리,

나는 _____자리.

좀 더 예쁜 사랑을 키우려면

_____ (이)가 필요하지.

GUIDE 당신은 황소자리, 나는 처녀자리. 좀 더 예쁜 사랑을
키우려면 <u>솔직한 대화</u>가 필요하지.

별자리가 말해주는 우리의 사랑

같은 듯 다르고, 다른 듯 같은 그 사람과 나의 성격과 연애관은 어떨까요?
별자리에 따른 성격과 연애 스타일을 알아봐요.

물병자리(1월 20일~2월 18일)

지적이면서도 자유와 개성을 중시하는 물병자리는 그런 자유분방함 때문에 연애에서 어려움을 겪을 수 있어요. 연인이 이 별자리라면 틀에 박힌 방식이나 간섭받는 걸 싫어할지 몰라요. 책임 있는 행동을 요구하거나 집요하게 다그치면 도망가버릴 수도 있답니다. 그 자유분방함을 이해해주고 친구 같은 연인이 되어주세요. 지적인 흥미를 자극하는 대화를 나누는 것도 연애에 새로운 자극이 됩니다.

물고기자리(2월 19일~3월 20일)

감수성이 뛰어나고 상상력이 풍부한 물고기자리는 타인에 대한 희생정신과 배려심이 매우 강합니다. 하지만 너무나 비현실적이고 감성적이며 수동적인 성격 탓에 유혹이나 부탁을 거절하지 못하기도 하죠. 잘못하면 현실 도피적으로 흐를 가능성도 있으니, 만약 연인이 물고기자리라면 그를 위해 좀 더 현실적이고 믿을 만한 사람이 되어주세요.

양자리(3월 21일~4월 19일)

활동적이고 진취적이며 낙천적인 성격을 갖고 있어요. 이런 성격 때문에 반대로 참을성이 부족하고 자기중심적인 면도 있죠. 저돌적인 편이라 사랑에 빠지면 밀고 당기거나 재지 않고 그대로 돌진합니다. 하지만 기억해두세요. 양자리는 가만히 있지 못하고 참을성도 없다는 점을 말이죠.

황소자리(4월 20일~5월 20일)

신중하고 근면하며 참을성이 강한 사람이에요. 연애를 할 때도 느린 편이고 자기가 다가오기보다는 상대가 자신에게 다가오도록 끌어당기는 타입이랍니다. 사랑할 때 늘 애를 태우게 만들기 때문에 힘든 연애를 하게 되지만, 사실 충실한 데다 연애를 오래 지속하는 타입이에요. 의외로 관능적인 면도 강해서 좋은 연인이 되어줄 것입니다.

쌍둥이자리(5월 21일~6월 21일)

새로운 것에 대한 호기심이 왕성해요. 말솜씨가 좋고 매력적인 데다 싹싹하기까지 해서 주변에 사람도 많습니다. 하지만 내면에는 냉정함이 자리하고 있군요. 심각한 걸 좋아하지 않는, 경쾌하고 바람 같은 사람이기에 연애할 때도 책임감과 부담감을 느끼게 하는 건 좋지 않아요. 가끔 호기심이 동할 자극적인 제안을 해서 연애에서 짜릿함을 느끼게 해주고, 집착하는 모습을 보이지 말아야 오랫동안 사랑을 유지할 수 있어요.

게자리(6월 22일~7월 22일)

감정 기복이 심한 편이에요. 감성, 상상력, 열정, 낭만, 매력이 풍부한 사람이기도 하죠. 로맨틱한 사랑을 하지만, 감정의 오르내림이 심한 게자리와 사귈 때는 항상 참고 보듬어줘야 합니다. 가정적이고 정도 많아 좋은 연인으로서의 자질도 충분해요.

사자자리(7월 23일~8월 22일)

활기 넘치고 리더십이 강한 사람이에요. 다소 융통성 없는 면이 있긴 해도 무슨 일이든 겁내지 않고 도전하는 모험심도 있습니다. 누군가를 사랑하게 되면 재고 따지지 않고 적극적으로 구애하는 순정파이기도 하죠. 지루한 건 좋아하지 않는 사자자리 애인을 위해 가끔 과감한 메이크업이나 패션 등으로 변화를 줘보세요. 사자자리와의 연애에 큰 자극제가 된답니다.

처녀자리(8월 23일~9월 23일)

예민한 신경과 섬세한 감성을 갖고 있으며 상대방에 대한 배려심이 풍부하고 책임감이 강해요. 무엇보다 완벽을 추구하기에 연애를 시작하면 지나치게 이상주의자가 될 수 있답니다. 빨리 타오르는 열정적인 사랑보다는 천천히 정이 드는 사랑을 선호해요. 그러니 너무 서두르지 말고 처녀자리 연인의 마음이 무르익을 때까지 기다려주세요.

천칭자리(9월 24일~10월 22일)

중립적이고 이성적인 사람이에요. 하지만 이런 성격 탓에 매사에 우유부단하고 열정이 없기도 하죠. 대인관계에서 사교적이고 연인에게는 로맨틱해 친구들에게든 이성에게든 인기가 많지만 어떤 관계에도 자기의 모든 것을 쏟아붓지는 않습니다. 성급하게 포기하지 말고 조금씩 연인의 진심에 다가가보세요.

전갈자리(10월 23일~11월 22일)

성실하고 인내심이 강하며, 상처받기 쉬운 내면을 갖고 있어 사람을 경계하고, 변화를 싫어합니다. 하지만 일단 마음을 연 상대와는 친구든 연인이든 깊은 교제를 하는데, 특히 사랑에 있어서는 겉으로 드러나는 성격과는 달리 매우 열정적이고 애정이 넘칩니다. 때로는 연인에게 집착하기도 해요.

사수자리(11월 23일~12월 24일)

자립적이고 자신감 넘치며 적극적인 사람으로, 생각보다 행동이 앞섭니다. 사랑에 있어서도 앞뒤 생각하지 않고 직진! 시간과 감정을 소모하는 걸 싫어하죠. 정열적이지만 상대방의 마음을 이해 못 하는 무심한 면도 있답니다. 자유로운 영혼의 사수자리는 소유욕이 강한 연인에게는 질려버리고 맙니다.

염소자리(12월 25일~1월 19일)

현실적인 면이 강하고 물질적인 안정에 대한 욕구가 커요. 끈기가 있고 자신에게 엄격하며 예의 바르고 겸손하죠. 비현실적인 사랑에 대한 기대는 없고, 신뢰할 수 있는 사람과 천천히 사랑에 빠집니다. 물론 연애를 할 때도 현실적인 혹은 금전적인 고려를 할 가능성이 크겠지요?

도전! 삼행시

연인의 이름으로 삼행시를 지어볼까요?

아래 종이의 여백에 삼행시를 적어보세요.

겉과 속

겉으로 보이는 모습과 본모습은 다르게 마련이죠.
왼쪽 페이지에는 나와 연인의 겉모습, 오른쪽 페이지에는
남들이 쉽게 알지 못하는 본모습을 써넣어보세요.

나는 겉으로는 _____ 보이지만…

처음엔 당신이 _____고 생각했지만…

♡

나는 겉으로는 겁쟁이처럼 보이지만, 사실 나는 혼자 뭐든 척척 해내는 사람이야.
처음엔 당신이 잘난 척한다고 생각했지만, 알고 보니 당신은 눈물 많고 여린 사람이야.

사실 나는 _____ 사람이야.

알고 보니 당신은 _____ 사람이야.

꽃으로 대화하기

오른쪽 페이지의 꽃 중에서 연인에게 전하고 싶은
꽃을 고른 뒤 오려서 아래의 꽃 포장 위에 붙여보세요.
한 송이를 골라도 되고 서너 송이를 골라 꽃다발을 만들어도 좋습니다.
꽃의 의미가 궁금하다면 뒷장의 꽃말 사전을 참고하면 돼요.
꽃에 담긴 달콤한 사랑의 메시지를 확인할 수 있답니다.

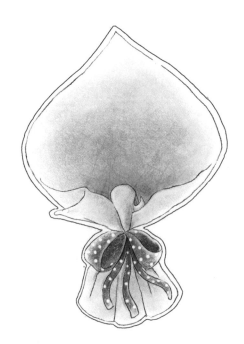

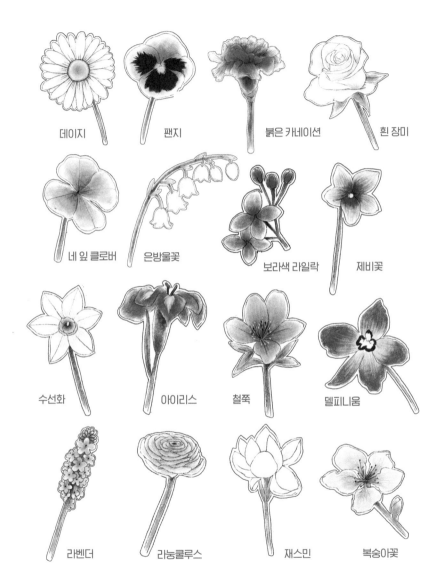

데이지

팬지

붉은 카네이션

흰 장미

네 잎 클로버

은방울꽃

보라색 라일락

제비꽃

수선화

아이리스

철쭉

델피니움

라벤더

라눙쿨루스

재스민

복숭아꽃

연인을 위한 꽃말 사전

빅토리아 시대에는 꽃을 통해 연인들끼리 메시지를 전하는 일이 많아 꽃말 사전도 있었다고 해요.
문화권에 따라, 시대에 따라 꽃에 담긴 의미도 제각각이지만, 연인에게 사랑을 전하기에
이만큼 로맨틱한 방법도 없을 듯합니다.

데이지 나의 사랑은 진실해요.
팬지 나를 생각해주세요.
붉은 카네이션 당신이 너무 그리워요.
흰 장미 안 돼요.
네 잎 클로버 나만의 남자(혹은 여자)가 되어줄래요?
은방울꽃 당신을 너무나도 사랑해요.
보라색 라일락 사랑의 감정이 싹트기 시작했어요.
제비꽃 미안해하지 말아요.
수선화 언제 당신을 다시 만날 수 있을까요?
아이리스 메시지를 보낼게요.
철쭉 나를 위해서라도 몸조심하세요.
델피니움 왜 당신은 나를 싫어하나요?
라벤더 대답해주세요.
라눙쿨루스 당신은 매력적이에요.
재스민 당신은 나의 것!
복숭아꽃 나는 영원히 당신의 것이에요.

DAY 11
LOVE DIARY

매일 그대와

햇볕이 좋아서, 눈이 와서, 바람이 불어서….
연인을 만나고 싶은 이유는 많고도 많죠.
이런 날들에 연인을 만나서 하고 싶은 일들을 적어보세요.

첫눈 오는 날, 당신과 함께 _____고 싶어.

비 오는 날, 당신과 함께 _____고 싶어.

땀이 줄줄 흐르는 더운 날, 당신과 함께 _____고 싶어.

선선한 가을바람이 부는 날, 당신과 함께 _____고 싶어.

꽃향기 가득한 날, 당신과 함께 _____고 싶어.

햇살이 너무 좋은 날, 당신과 함께 _____고 싶어.

GUIDE 선선한 가을바람이 부는 날,
당신과 함께 <u>고궁을 걷</u>고 싶어.

행운의 초콜릿

뒤 페이지에 연인을 위한 선물 리스트를 먼저 만들어주세요.

물건도 좋고, 특별한 이벤트도 좋아요. 선물 리스트를 완성했다면

연인에게 아래 초콜릿 상자에서 마음에 드는 초콜릿을 고르도록 하세요.

그런 다음 연인이 고른 초콜릿에 해당하는 선물을 연인에게 주는 거예요.

연인이 선물 리스트를 미리 보지 못하도록 하는 건 기본!

짠~ 이제 선물을 공개합니다.
선택한 초콜릿에 해당하는 선물을 찾아보세요.

GUIDE ① 당신이 갖고 싶어 했던 게임기 ② 근사한 레스토랑에서의 저녁 식사 ③ 달콤한 키스
④ 아재 개그 열 개 들려주기 ⑤ 어깨 마사지 서비스

내게 기대요

폴라로이드 그림 안에 연인에게 사랑과 위로를 전하는 사진을 붙이거나
직접 그림을 그려주세요. 익살맞거나 귀여운 표정, 하트 손동작 등을 찍은
사진, 본인이나 연인의 캐리커처 등 무엇이든 괜찮아요.

오늘 하루 힘들었나요?
그럼 내 어깨에 기대어 잠시 쉬어요.

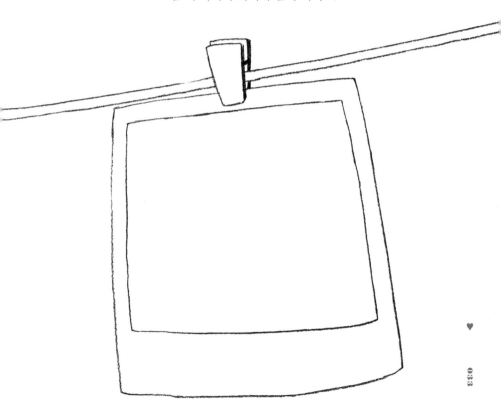

교집합과
합집합

ME

_____

_____

_____

원 안에 당신과 연인의 공통점과 차이점을 써주세요. 좋아하는 음식이나
계절, 스타일, 취미, 성격 등 무엇이라도 괜찮아요. 'You & Me'라고 쓰여 있는
원 안에는 그와 당신의 공통된 취향, 스타일, 성격 등을 적습니다.
'Me'라고 쓰여 있는 원 안에는 당신에 관한 것들을,
'You'라고 쓰여 있는 원 안에는 연인에 관한 것들을 써주세요.

You & Me

YOU

_____

_____

_____

_____

_____

_____

첫 데이트

설레던 첫 데이트의 기억을 떠올리며 빈칸을 채워보세요.

우리의 첫 데이트 기억나?

_____ 년 _____ 월 _____ 일

_____에서 만났지.

날씨는 _____.

_____ 차림의

당신 모습이 생생하게 기억나.

♡

그날 당신이 _____던 모습은 정말 멋졌지.

그런 당신을 보며 나는

_____고 생각했어.

환상의 파트너

나와 연인의 관계를 대입해볼 만한 관계를 생각해보세요.
영화나 드라마 속 커플에 비유해보거나 짝을 이루는 물건,
함께 먹는 음식 등에 대입하면 재미있을 거예요.

우리는 _____ 과(와) _____ 같아.

왜냐하면 _____

_____ 니까.

 ① 우리는 어미 새와 아기 새 같아. 왜냐하면 언제나 넌 날 지켜주고 보살펴주니까.
② 우리는 브리짓 존스와 마크 다시 같아. 왜냐하면 우리도 그들처럼 처음엔 엇갈렸지만 결국
사랑에 빠지고 말았으니까.

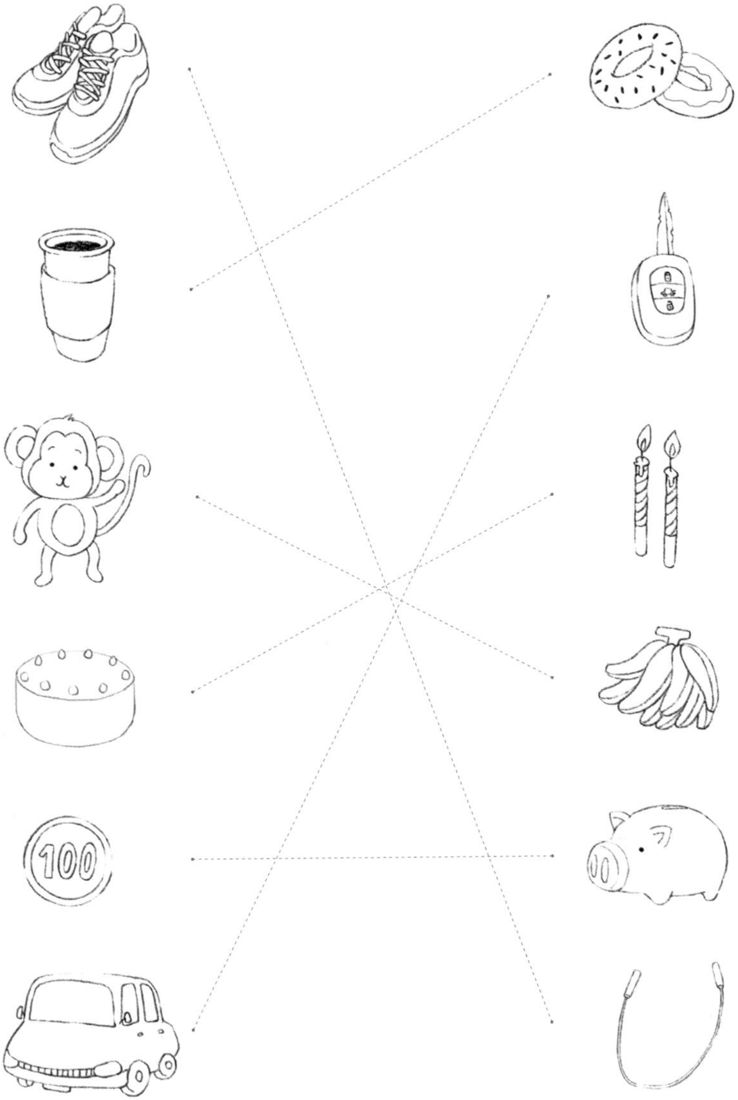
100

언제까지나 우리는

연인과의 미래를 상상해보세요. 1년 후, 5년 후, 10년 후 두 사람은 어떤
모습으로 사랑하고 있을까요? 빈칸에 두 사람의 미래를 써넣어주세요.

1년 후 우리는 _____

_____ 있을 거야.

5년 후 우리는 _____

_____ 있을 거야.

040

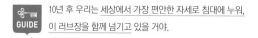

GUIDE 10년 후 우리는 세상에서 가장 편안한 자세로 침대에 누워,
이 러브장을 함께 넘기고 있을 거야.

10년 후 우리는 _____

_____ 있을 거야.

너와 나의 스타일

여자 친구가 남자 친구를 생각하며 답해주세요.

원하는 연인의 스타일에 해당하는 객관식 문항 중 하나에

체크 표시를 하면 됩니다. 답이 없다고요? 그럴 땐 ⑤번 기타 칸에

주관식으로 답을 써주세요.

내가 좋아하는 당신의 모습은…

헤어스타일은

①   ②   ③   ④

⑤ 기타 _____

액세서리는

①   ②   ③   ④

⑤ 기타 _____

셔츠는

①    ②   ③   ④

⑤ 기타 _____

팬츠는

①    ②   ③   ④

⑤ 기타 _____

신발은

①   ②   ③   ④

⑤ 기타 _____

남자 친구가 여자 친구를 생각하며 답해주세요.

원하는 연인의 스타일에 해당하는 객관식 문항 중 하나에

체크 표시를 하면 됩니다. 답이 없을 땐 ⑤번 기타 칸에 직접 답을 써주세요.

내가 좋아하는 당신의 모습은…

헤어스타일은

①   ②   ③   ④

⑤ 기타 _____

액세서리는

①   ②   ③   ④

⑤ 기타 _____

메이크업은

①   ②   ③   ④

⑤ 기타 _____

옷차림은

①   ②   ③   ④

⑤ 기타 _____

신발은

①   ②   ③   ④

⑤ 기타 _____

더하기와 빼기

다투지 않는 연인이 있을까요? 중요한 건 다투거나 화를 내더라도
서로에게 상처를 주지 않는 거예요.
다툴 때 참아야 할 것과 해야 할 것을 생각하며 빈칸을 채워요.

우리 서운하거나

화나는 일이 있을 때

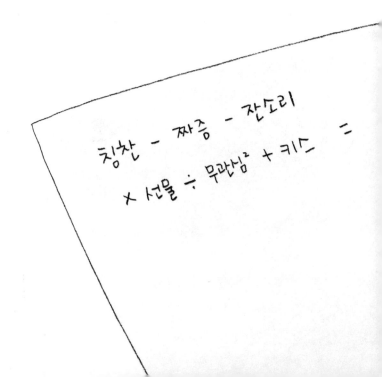

① 조금 더 서로를 생각하고 조금 덜 서로를 괴롭히자.
② 조금 더 서로에게 시간을 주고 조금 덜 불평하자.

조금 더 _____고

조금 덜 _____자.

당신과 함께 있는 지금

연인과 함께 있는 건 하늘을 두둥실 날아가는 듯한 행복감을 주죠.

먹지 않아도 배가 부르고, 괜히 웃음이 나기도 해요.

작은 말 한마디에 큰 의미를 부여하고 예민하게 굴 때도 있죠.

이런 다양한 감정들을 표현해보세요.

당신과 함께 있는 지금, 내 기분은 마치

_____ 같아.

사랑의 이유

목소리가 좋아서, 눈이 예뻐서, 예의 바르기 때문에,

노래를 잘해서, 나만 좋아해주니까…. 사랑의 이유는 많고도 많죠.

연인을 좋아하게 된 이유를 아래의 빈칸들 안에 써넣어주세요.

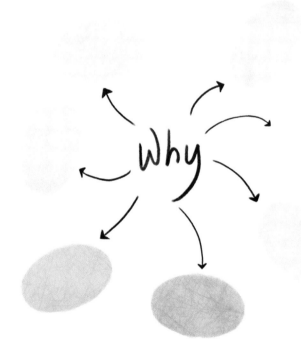

Happy Birthday to You!

오선지의 줄 안에 연인의 생일에 불러주고 싶은 노래의 가사를
써넣어주세요. 김동률의 〈기적〉처럼 사랑을 이야기하는 노래도 좋고,
조시 그로반의 〈You Raise Me Up〉처럼 희망과 용기를 주는 노래도 좋아요.
연인을 위해 지금부터 열심히 노래 연습을 시작해보는 것도
재미있을 거예요.

생일날 이 노래를 불러줄게.
기다려. 열심히 연습 중이니까.

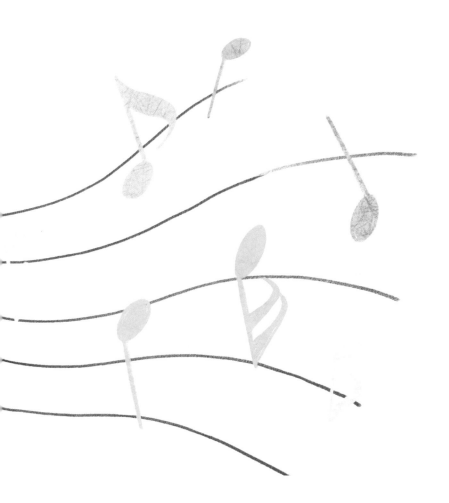

장애물달리기

연인과의 사랑에 장애물이라고 생각되는 것들을

그림 속 장애물의 빈 곳에 써넣어보세요. 장애물이 전혀 없다고요?

정말 행복한 연인이네요!

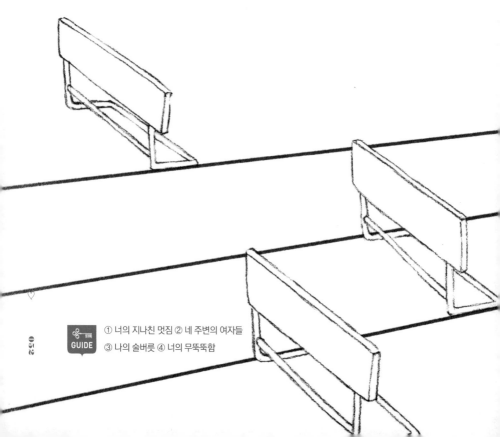

GUIDE ① 너의 지나친 멋짐 ② 네 주변의 여자들
③ 나의 술버릇 ④ 너의 무뚝뚝함

사랑은 어쩌면 기나긴 장애물달리기 같은 걸지도 몰라.
우리 사이에 몇 가지 작은 장애물이 있지만,
모두 뛰어넘고 네게로 갈게.
너도 장애물을 뛰어넘어 내게 와줘.

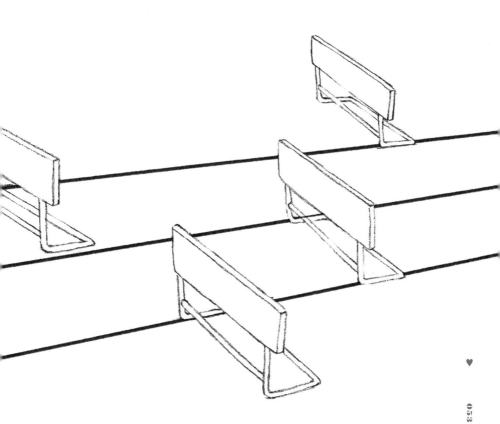

♥

변하지 않는 것

세월이 흘러도 나와 연인의 사랑만은 변하지 않아야겠죠?
어떤 행동, 어떤 마음만은 변하지 않았으면 하는지 빈칸에 적어주세요.

아이는 어른이 되고,

계절은 봄에서 여름으로, 또 가을과 겨울로 변하고….

시간과 함께 우리 사이에도 많은 것들이 변하겠지만

우리 _____ 만은 변하지 말자.

♡

GUIDE 우리 <u>서로 존중해주는</u> 마음만은 변하지 말자.

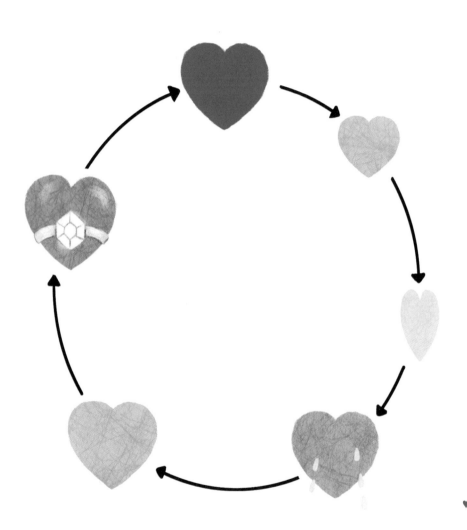

눈, 코, 입

오른쪽 페이지의 빈 얼굴에 연인의 표정을 직접 그려 넣어보세요.

화낼 때, 배 부를 때 등등 다양한 상황에서 연인의 표정이 어떻게 변하는지

살펴본 다음 그림을 그리면 더 완성도 높은 작품이 탄생하겠죠?

그림 솜씨가 부족하다고 걱정할 것 없어요.

서툴러도 그 나름의 매력과 재미가 있으니까요.

두 개의 눈썹, 두 개의 눈, 하나의 코, 하나의 입이 요리조리 움직이며

갖가지 표정을 만들어내고 기분의 변화를 드러내는 얼굴.

아무리 오랫동안 바라보고 있어도 지루하지 않아.

네 표정의 작은 변화까지 나는 읽어낼 수 있어.

너의 기분이 어떤지 그건 내게 너무 중요한 일이니까.

삐쳤을 때　　　　　맛있는 거 먹었을 때　　　　배고플 때

선물 받았을 때　　내가 약속 시각에 늦었을 때　　신기한 거 봤을 때

억울할 때　　　재미있는 얘기 들었을 때　　　지루할 때

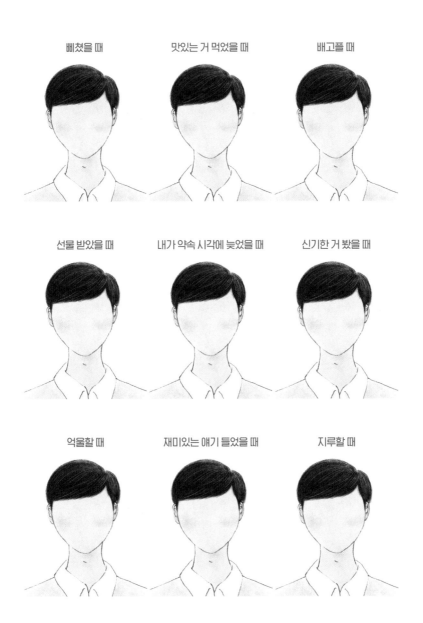

Healing Time

연인이 힘든 시간을 보내고 있을 때, 곁에서 힘이 되어주고 싶은 건

누구나 같은 마음일 거예요. 연인에게 어떤 존재가 되고 싶은지

빈칸을 채우며 생각해보세요.

아플 때 내가 _____ 줄게.

외로울 때 내가 _____ 줄게.

슬플 때 내가 _____ 줄게.

힘들 때 내가 _____ 줄게.

♡

GUIDE 슬플 때 내가 너의 눈물을 닦아줄게.
힘들 때 내가 행운의 여신이 되어줄게.

천생연분

서로를 필요로 하고 함께일 때 완전해지는 두 사람의 관계를 생각하며
빈칸을 채워주세요.

_____는(은) 나,

_____는(은) 당신,

우리는 천생연분!

♡

① 치킨 먹을 때 가슴살만 먹는 나, 닭 다리를 더 좋아하는 당신, 우리는 천생연분!
② 재잘재잘 수다 떨기 좋아하는 나, 어떤 얘기에도 잘 웃어주는 당신, 우리는 천생연분!

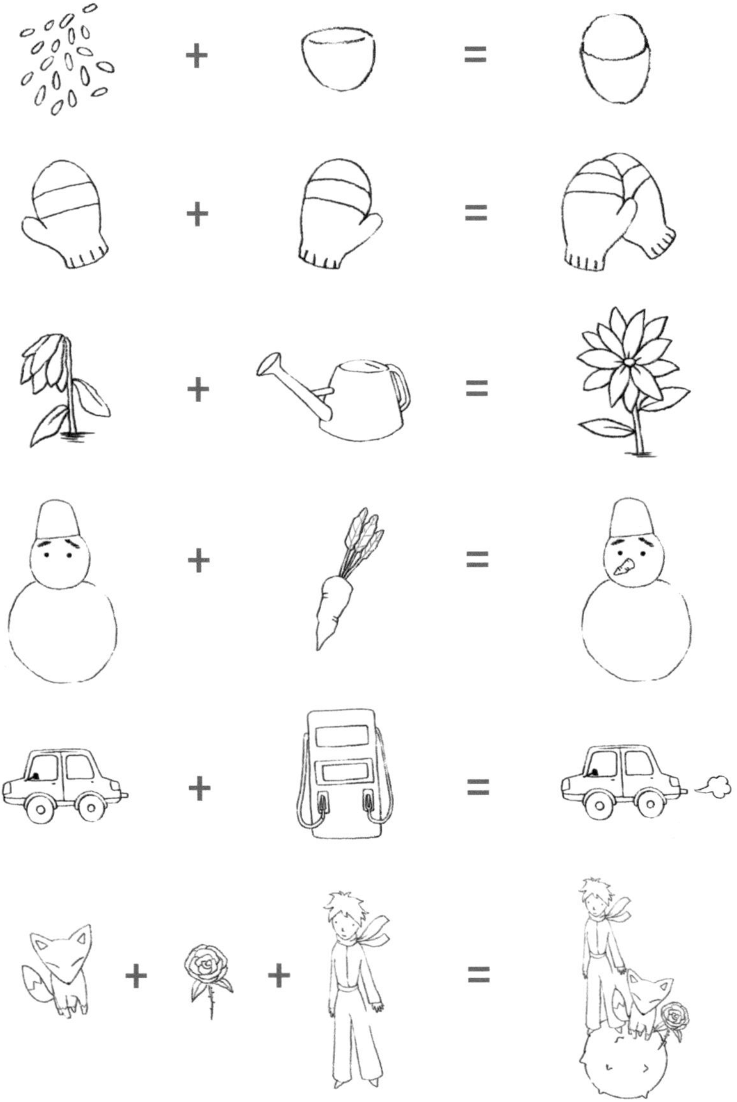

사랑의 잔소리

항상 연인을 챙겨주고 싶은 마음을 담아
연인의 방에 있는 물건들마다 메시지를 써보세요.
동그라미 안에 전하고픈 말을 쓰면 됩니다.

GUIDE

■ 냉장고 좀 챙겨 먹어. 요즘 핼쑥해졌어.

■ 소파 오른쪽은 푹 꺼졌으니까 이제부터는 왼쪽 자리를 애용해주세요.

너를 만나는 날

연인과 데이트하는 날,
자신의 모습을 떠올리며 빈칸을 채워보세요.

당신을 만나기 3시간 전,

나는 _____.

당신을 만나기 1시간 전,

나는 _____.

당신을 만나기 10분 전,

나는 _____.

그렇게 나는 당신과의 시간을 기다려.

♡

당신을 만나기 3시간 전, 나는 맛집이나 카페를 검색하며 함께 시간을 보낼 곳을 생각하곤 해.
당신을 만나기 1시간 전, 나는 빨간 하이힐을 신을까 편한 스니커즈를 신을까 고민에 빠지곤 해.
당신을 만나기 10분 전, 나는 카페 문이 열릴 때마다 당신인가 싶어 자꾸 고개를 돌려 보게 돼.

before와 after 첫 번째 이야기

러브장을 쓴 지 30일째예요.

연인을 만난 후 변화된 자신의 모습을 생각해보세요.

예전과 달라진 것은 무엇인지 빈칸을 채워 쓰면 됩니다.

당신을 만난 후

나는 _____ 기 시작했어.

♡

① 당신을 만난 후 나는 <u>행복해지기</u> 시작했어.
② 당신을 만난 후 나는 <u>꾸미는 데 관심을 갖기</u> 시작했어.

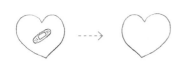

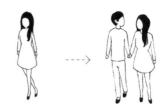

Listening과 Talking

연인에게 듣고 싶었던 말을 떠올리며 빈칸을 채워주세요.

내가 당신에게 가장 듣고 싶은 말은

" _____ " 라는 말이야.

내가 당신에게 가장 해주고 싶은 말은

" _____ "라는 말이야.

너를 생각해

예쁜 옷을 봐도, 맛있는 걸 먹어도, 길을 걷다가도 문득 연인이
떠오르곤 하죠. 그런 순간들을 생각하며 빈칸을 채워주세요.

_____ 다가도 문득 네 생각이 나.

_____ 때마다 네 생각이 나.

운동화 끈을 매다가도 문득 네 생각이 나.
맛있는 커피를 마실 때마다 네 생각이 나.

뭐라고 말할까?

연인이 살짝 난처한 상황에 처했을 때 당신은 어떻게 이야기하는 편인가요?
이 페이지는 여자 친구가 말풍선 안에 들어갈 말을 상상해 써넣어주세요.

한잔살
돈밖에
없어서…

이 페이지는 남자 친구가 말풍선 안에 들어갈

연인의 대화를 상상해 써넣어주세요.

어떡해.
양말 새로 사야
하나?

독서 시간

왼쪽 페이지의 비어 있는 책등에 좋아하는 책의 제목을 직접 써넣어주세요.

오른쪽 페이지에 책의 줄거리나 책을 읽고 느낀 점 등을 간단하게 적은

다음, 책에 대해 연인에게 설명해주면 연인의 독서 욕구가 한층 더 커질

거예요. 내가 어떤 책을 좋아하고 어떤 생각을 하는지 알려줄 수도 있죠.

내가 좋아하는 책들이야.

당신과 함께 읽고 싶어.

Title

Book Report

Title

Book Report

Title

Book Report

Title

Book Report

♥

내겐 너무 멋진 당신

연인이 어떤 순간 가장 멋져 보이는지 빈칸에 써주세요.

당신이 _____ 때

가장 멋져 보여!

♡

 ① 당신이 길고양이에게 먹이를 줄 때 가장 멋져 보여!
② 당신이 내 눈을 가만히 들여다볼 때 가장 멋져 보여!

DAY 36 LOVE DIARY

어떤 하루

오늘 하루를 떠올리며 일기를 써보세요. 연인을 얼마나 생각하고 있는지 되돌아볼 기회가 될 거예요.

________ 년 _____ 월 _____ 일

오늘 날씨는 ____________, 기분은 ____________.

________________________느라 바쁜 하루.

그래도 바쁘게 ________________다가도 네 생각을 했고,

__________________다가 또 ___________이(가)

떠올라버렸지 뭐야. 저녁으로는

__________ 를(을) 먹었어. 맛은 ________________.

너와 전화로 이야기할 때 내 기분은 ___________ 했어.

_____________________ 수 있어서 기뻤고,

___________________ 수 없어서 조금 아쉬웠던 하루.

GUIDE

오늘 날씨는 흐렸고, 기분은 조금 가라앉았지. 월말 결산 하느라 바쁜 하루. 그래도 바쁘게 회사 복도를 오가다가도 네 생각을 했고, 퇴근길에 버스를 타고 가다가 또 화를 내던 네 모습이 떠올라버렸지 뭐야. 저녁으로는 김밥을 먹었어. 맛은 오늘따라 별로더라고. 너와 전화할 때 내 기분은 날아갈 듯했어. 너에게 사과할 수 있어서 기뻤고, 당장 만나 안아줄 수 없어서 조금 아쉬웠던 하루.

미처 하지 못한 말

데이트하고 나서 헤어질 때마다 느끼는 아쉬운 마음을 담아
빈칸을 채워주세요.

집에 바래다주고 돌아가는 너를 다시 불러서

　　　　　　　　　　　　　　　　　　　주고 싶었어.

우리를 슬프게 하는 것들

네가_____할 때,

나는 조금 슬퍼져.

네가_____할 때,

나는 조금 외로워져.

네가_____할 때,

나는 조금 작아지는 것 같아.

그러니 조금만 나를 위해 바꾸어줄 수 있겠니?

♡

연애를 할 때 늘 좋은 순간만 있는 건 아니죠.
연인에게 섭섭했던 일에 대해 솔직히 이야기함으로써 상대방을 이해하고
나의 잘못된 부분을 고쳐나가려는 자세가 필요해요. 왼쪽 페이지는
여자 친구가, 오른쪽 페이지는 남자 친구가 빈칸을 채워주세요.

네가 _____ 할 때,

나는 조금 슬퍼져.

네가 _____ 할 때,

나는 조금 외로워져.

네가 _____ 할 때,

나는 조금 작아지는 것 같아.

그러니 조금만 나를 위해 바뀌어줄 수 있겠니?

사랑의 레시피

아래 흰 접시의 빈 공간에 직접 만든 음식 사진을 찍어 프린트해서 붙이거나

음식 그림을 그려주세요. 연인을 생각하며 만든 요리라면 떡볶이,

맛탕, 라면 등 뭐든 좋아요. 'Recipe'라고 적힌 종이 위에는

요리를 만드는 방법을 적어주세요.

♡

당신을 생각하며 만들었어.
나중에 꼭 내가 직접 만들어줄 테니 기대해도 좋아.
지금은 만드는 법을 알려줄게.

같은 시간, 다른 곳

지금은 같은 공간에 있지만, 예전에 두 사람은 서로 다른 곳에 있었을 거예요. 그때 연인은 무엇을 하고 있었을까요? '나는'에 해당하는 빨간색 밑줄의 빈칸은 내가 채우고, '당신은'에 해당하는 파란색 밑줄의 빈칸은 연인이 채우도록 해주세요.

그때,
같은 시간, 다른 곳…
우리가 서로를 몰랐던 그 시절, 우리는 뭘 하고 있었을까?

_____년
나는 태어났고,
그때 당신은 _____.

_____년
내가 제일 좋아했던 장난감은 _____.
그때 당신은 _____.

_____년
나는 처음으로 _____.
그때 당신은 _____.

♡

＿＿＿＿＿＿년

여름방학에 나는＿＿＿＿＿＿＿＿＿＿＿＿＿＿＿＿＿＿며 놀았지.

그때 당신은 ＿＿＿＿＿＿＿＿＿＿＿＿＿＿＿＿＿＿＿＿.

＿＿＿＿＿＿년

나는＿＿＿＿＿＿의 ＿＿＿＿＿＿라는 노래를 듣고 또 들었어.

그때 당신은 ＿＿＿＿＿＿＿＿＿＿＿＿＿＿＿＿＿＿＿＿.

＿＿＿＿＿＿년

난 학교가 끝나면 언제나＿＿＿＿＿＿＿＿＿＿＿＿＿.

그때 당신은 ＿＿＿＿＿＿＿＿＿＿＿＿＿＿＿＿＿＿＿＿.

＿＿＿＿＿＿년

나는＿＿＿＿＿＿＿＿＿＿＿＿＿ 때문에 조금 힘들었어.

그때 당신은 ＿＿＿＿＿＿＿＿＿＿＿＿＿＿＿＿＿＿＿＿.

＿＿＿＿＿＿년

나는＿＿＿＿＿＿＿＿＿＿＿＿느라 너무 바쁘게 지냈어.

그때 당신은 ＿＿＿＿＿＿＿＿＿＿＿＿＿＿＿＿＿＿＿＿.

그렇게 서로 다른 곳을 헤매던 우리 두 사람.

같은 시간, 같은 공간에서 우리는 운명처럼 만났고 사랑에 빠져버렸지.

개인의 취향

아래의 각 항목에 대해 여자 친구와 남자 친구가
각각 ○ 또는 X 표시를 해보세요. 여자 친구는 빨간색 네모 안에,
남자 친구는 파란색 네모 안에 표시하면 돼요. 서로의 취향을 알아두면
나에게만 맞추라고 고집 피우는 일은 줄어들 거예요.

때로는 똑같고 때로는 정반대인 우리 취향,
한번 확인해볼까?

		♥ I Like	♥ I Don't Like
Reading		☐ ☐	☐ ☐
Exercising		☐ ☐	☐ ☐
Meditation		☐ ☐	☐ ☐
Sugary Food		☐ ☐	☐ ☐
Dog		☐ ☐	☐ ☐

♡

Watching TV		☐ ☐	☐ ☐
Horror Movie		☐ ☐	☐ ☐
Smart-phone Game		☐ ☐	☐ ☐
Cat		☐ ☐	☐ ☐
Party		☐ ☐	☐ ☐
Gardening		☐ ☐	☐ ☐
City Life		☐ ☐	☐ ☐
Wine, Beer, Whisky… All Kinds of Alcohol		☐ ☐	☐ ☐
Vegetable		☐ ☐	☐ ☐

♥

Boxing Memories

예쁜 상자를 준비해주세요. 상자 안에 연인과의 추억이 담긴 물건들을
넣고 사진을 찍은 뒤, 아래 빈 공간에 붙여주세요. 함께 떠난 여행에서의
기차표, 연인에게서 받은 편지나 선물 등 어떤 것이라도 됩니다.
사진을 붙이는 대신 직접 추억의 물건들을 그림으로 그려도 좋아요.

상자 안에 우리의 추억이 가득~

존재의 이유

연인이 내게 얼마나 소중한 존재인지 생각하며 빈칸을 채워보세요.

당신은 내게

햇볕 따가운 날의 선글라스,

비 오는 날의 우산,

_____ 같은 존재.

♥

GUIDE ① 더운 여름날의 한 줄기 바람 같은 존재.
② 캐러멜 마키아토 위의 휘핑크림 같은 존재.

행운의 쪽지

연인을 위한 새점 페이지예요. 연인에게 마음에 드는 새점 쪽지를
고르도록 한 다음 쪽지에 적힌 번호에 해당하는 오른쪽 페이지의 메시지를
함께 읽어봐요. 포춘 쿠키를 부수어 메시지 쪽지를 펼칠 때와 같은 기대와
설렘이 느껴질 거예요.

재잘재잘 지저귀는
작은 새가
행복의 메시지를 들려줄 거예요.

숫자가 알려주는 행운의 메시지

Fortune 1

이제부터 시작이에요.
긍정적인 에너지가 당신 주변으로
모여들고 있답니다.

Fortune 2

주변을 둘러보세요.
당신을 진정으로 지지하고 기다려주는
사람들이 가까이에 있어요.

Fortune 3

사랑으로 벅찬 하루하루를
보내는 당신!
사랑받는 것보다
더한 행운이 있을까요?

Fortune 4

기회가 왔을 때 꽉 붙잡으세요.
세월이 흐른 후 후회해도
소용없어요.

Fortune 5

연애가 힘들 땐,
연인이 생기기를 고대하던
지난날을 돌아보세요.

Fortune 6

진정 중요한 게 무엇인지 잊고 있지는
않나요? 가까운 사람들과 더 많은 시간을
보내고 즐거운 추억을 만드세요.

Fortune 7

꼭 뭐든 다 해내야 하는 건 아니잖아요?
가끔 쉬어 갈 때도 있고, 가끔 포기하기도
하는 거죠. 그 시간이 당신에게 훌륭한
자양분이 된다는 걸 잊지 마세요.

Fortune 8

즐거운 시간들이 당신을
기다리고 있네요. 친구들과의
모임, 작지만 정성스러운 선물,
이웃의 미소 띤 인사 등 당신을
웃게 할 일이 생길 거예요.

Fortune 9

당신 머리 위에 떠 있던
먹구름이 점점 시야 밖으로
사라지고 있군요. 그동안
힘들었다 해도 작은 희망을
버리지는 마세요.

Fortune 10

반짝이는 별이 당신에게
행운과 행복의 빛을 보내고
있어요. 길잡이별을 따라,
내 마음속 진실한 소망을 따라
걸어가 보세요.

데이트 미션

연인의 생년월일과 나의 생년월일의 숫자를 모두 더한 다음 6으로
나눠보세요. 6으로 나눠서 남은 숫자가 바로 오늘의 숫자! 0부터 6까지
각 숫자가 가리키는 데이트 미션은 옆 페이지에서 확인할 수 있어요.

왠지 좀 더 특별한 데이트를 해보고 싶은 기분.
그렇다면 오늘의 데이트는 운명에 맡겨보는 게 어떨까?
우리의 생년월일이 미션을 정해줄 거야.

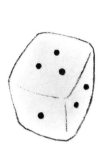 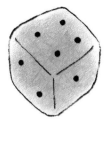

♡

내가 2004년 12월 10일, 연인이 1999년 5월 26일에 태어났다고 할 때, 각 숫자를 모두 더하면(2+0+
0+4+1+2+1+0+1+9+9+9+5+2+6) 51이 나오죠. 51을 6으로 나누면 3이 남습니다. 3이 바로 오늘의
숫자가 되는 거예요.

숫자가 알려주는 데이트 코스

0
♥
만화 카페

요즘은 편하게 만화책을
읽으면서 커피와 간식을 먹을 수 있는
만화 카페가 많아요.
그곳에서 만화도 실컷 보고 군것질도 하면서
빈둥빈둥 시간을 보내는 건 어떠세요?

1
♥
사주 카페

사주풀이를 하거나 타로 점을
보면서 연애, 취업, 승진 등에 관해
이런저런 질문을 하다 보면 시간이
어떻게 지나가는지 모를 거예요.

2
♥
아웃도어

액티비티를 즐기며 스트레스를
날려버리세요. 공원이나 강변
등지에는 스포츠용품 대여소가 있는
곳이 많아 자전거, 인라인 등을
쉽게 즐길 수 있답니다.

3
♥
심야 영화

연인과 밤을 지새우며
영화를 보다니!
얼마나 낭만적인가요?
보다가 졸리면
한숨 자면 되는 거죠, 뭐.

4
♥
스파

연인과 스파를 하며
지친 몸과 마음을 쉬게
해주세요. 건전한 타이
마사지나 스포츠 마사지
센터를 찾는 것도 좋아요.

5
♥
방 탈출
카페

방 탈출 게임을 현실로 옮겨놓은 방 탈출
카페는 어떤가요? 함께 이런저런 추리를
하거나 힘겹게 장애물을 벗어나는 과정에서
연인과 한결 더 가까워질 거예요.

6
♥
옥상 카페

탁 트인 옥상 카페에서 낮에는 햇살 가득
받으며 포근한 느낌에 젖고, 밤에는 살랑이는
바람을 느끼며 야경을 감상해보세요.

♥

오글오글 애칭

연인 사이에 이름을 부르는 것도 좋지만, 가끔은 애칭을 이용하면 특별한
무언가를 공유하는 느낌을 받을 수 있어요. 연인과의 애칭을 생각해보세요.

좀 오글거리면 어때?

사랑은 원래 그런 거잖아.

나는 너를 _____라고 부를게.

너는 나를 _____라고 불러줘.

우리허니

꿀단지

GUIDE 나는 너를 <u>우리허니</u>라고 부를게.
너는 나를 <u>꿀단지</u>라고 불러줘.

현상수배

내 마음을 훔쳐간 연인을 공개 수배 해봐요. 물론 장난으로! 아래의 박스에
연인의 얼굴을 그리고 기본적인 사항 외에 옷차림이나 행동의 특징 등을
적어 넣으면 재미있는 수배 전단이 완성됩니다.

내 마음을 훔쳐간 도둑을 찾습니다.

이름 _____ 나이 _____

체중 _____ 신장 _____

인상착의 _____

특이 사항 _____

■ 이름 홍길동 ■ 나이 29세 ■ 체중 72kg ■ 신장 178cm ■ 인상착의 목이 늘어난 티셔츠에 색 바랜
청바지를 즐겨 입음. 패션 센스 꽝. 최근 운동을 해서 복근이 조금 생겼음. ■ 특이 사항 엘리베이터에서
마주친 사람에게 녹아내릴 듯한 목소리로 인사와 눈웃음을 건네지만 괜한 오해는 금물.

사랑에 빠진 순간

연인에게 반해버렸던 순간을 설마 잊진 않았겠죠?

그 순간을 떠올리며 빈칸을 채워주세요.

당신이 _____ 때

나는 사랑에 빠져버렸어.

♡

당신이 <u>문을 열고 강의실에 들어섰을</u> 때
나는 사랑에 빠져버렸어.

특별한 데이트

알찬 데이트 계획을 짜보세요. 평소 해보고 싶었던 것,

연인에게 소개해주고 싶었던 것 등을 꼭꼭 채워 넣는 거예요.

GUIDE

■ Date 2017년 3월 21일
■ Check Point 오늘의
테마는 스트레스 해소!
■ To Do List
□ 매운 불닭발 먹기
□ 해먹 카페에서 낮잠
□ 게임 센터에서 지칠
때까지 게임 하기
□ 북악산 길 드라이브
□ 서울 야경 감상

Daily Plan

Date

Check Point

To Do List

☐
☐
☐
☐

Memo

콩깍지의 위력

사랑에 빠진 사람은 모든 것에서 사랑을, 혹은 연인을 떠올리는 엄청난
능력을 갖게 되죠. 우리 주변의 일상적인 사물에서 사랑이나 연인과
연관된 재미있는 사실을 찾아보세요. 그렇게 생각해낸 내용들을 각 물건
옆의 네모 칸에 써주세요.

• 비누

• 연필

• 핸드폰

• 다리미

GUIDE

■ 비누 미끄러워도 날 꽉 잡아! ■ 연필 당신이 내게 흑심을 품었으면….

■ 핸드폰 하루 종일 네 곁에 붙어 있고 싶어. ■ 다리미 당신이 내 마음의 주름을 쫙쫙 펴줘.

• 구두

• 샴푸

• 거울

• 책

• 빵

• 편지

연애 중간고사

101쪽에서는 여자 친구가 남자 친구에 관한 문제를 풀고, 남자 친구가 채점을
해주세요. 102쪽에서는 남자 친구가 여자 친구에 관한 문제를 풀고,
여자 친구가 채점을 해보세요. 몇 개나 맞히고 또 틀렸는지 확인하고 틀린
답을 고쳐주다 보면 연인 사이가 한결 더 가까워질 거예요.

너에 관해서 난 무얼 알고
또 무얼 모르고 있을까?
몇 개쯤 틀리더라도 이해해줘.
너에 대한 사랑만큼은 지구에서
내가 1등이니까.

1 _____년 ___월 ___일 ___시에 태어났다.

2 _____시(도) _____동에서 태어났다.

3 _____유치원, _____초등학교, _____중학교,

_____고등학교를 졸업했다.

4 어린 시절 꿈은?

5 학창 시절 별명은?

6 가장 친한 친구의 이름은?

7 좋아하는 음식과 싫어하거나 못 먹는 음식은?

8 좋아하는 노래와 가수는?

9 감명 깊게 본 영화와 좋아하는 배우는?

10 좋아하는 스포츠 종목과 운동선수는?

11 독특한 잠버릇은?

12 신발 사이즈는?

13 남들은 모르는 신체 비밀은?

14 가장 무서워하는 것은?

15 즐겨 입는 의류 브랜드와 옷 컬러는?

16 휴일에 집에 있을 때 주로 시간 보내는 방법은?

17 좋아하는 과자, 아이스크림, 라면 이름은?

18 말할 때 자주 쓰는 단어는?

19 좌우명은?

20 앞으로 이루고 싶은 꿈은?

♥

1 _____년 ____월 ____일 ____시에 태어났다.

2 _____시(도) _____동에서 태어났다.

3 _____유치원, _____초등학교, _____중학교,

_____고등학교를 졸업했다.

4 어린 시절 꿈은?

5 학창 시절 별명은?

6 가장 친한 친구의 이름은?

7 좋아하는 음식과 싫어하거나 못 먹는 음식은?

8 좋아하는 노래와 가수는?

9 감명 깊게 본 영화와 좋아하는 배우는?

10 좋아하는 스포츠 종목과 운동선수는?

11 독특한 잠버릇은?

12 신발 사이즈는?

13 남들은 모르는 신체 비밀은?

14 가장 무서워하는 것은?

15 즐겨 입는 의류 브랜드와 옷 컬러는?

16 휴일에 집에 있을 때 주로 시간 보내는 방법은?

17 좋아하는 과자, 아이스크림, 라면 이름은?

18 말할 때 자주 쓰는 단어는?

19 좌우명은?

20 앞으로 이루고 싶은 꿈은?

Growing Love-tree

연인에 대한 사랑이 점점 성장하고 있다는 걸 실감하게 되는
순간을 적어주세요.

_____ 때,

우리의 사랑이 성장하고 있다는 걸 느껴.

GUIDE 내가 떠준 커플 목도리를 두른 너를 볼 때,
우리의 사랑이 점점 성장하고 있다는 걸 느껴.

DAY
53
LOVE DIARY

내방, 네방

_____'s Room

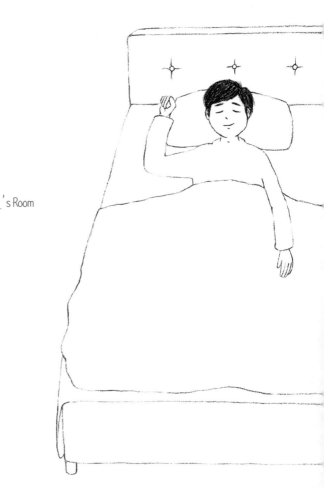

연인의 방과 내 방이 얼마나 다른지 한번 비교해볼까요?

내 방은 직접 침대와 침구, 잠옷 등에 무늬를 그려 넣고 색칠을 해주세요.

침실의 가구나 소품들도 그립니다.

연인의 방은 연인의 설명을 듣고서 그림을 그리고 색칠도 하면 돼요.

연인이 직접 그리게 하면 더 재미있겠죠?

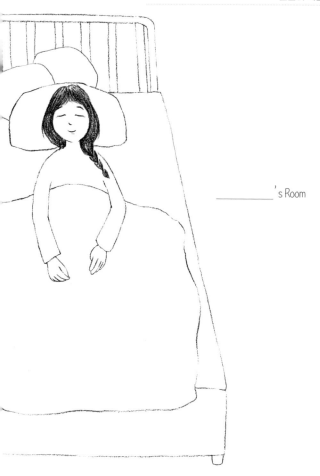

_____'s Room

친구들의 축하 메시지

친구들이 우리 사이를 축하하거나 연인을 칭찬하면 정말 행복하죠.

그런 좋은 얘기는 연인에게 알려줘야 해요.

아래 말풍선 안에 친구들이 한 말이나 축하 메시지를 적어주세요.

내 친구들이 당신을 보고
이렇게 말했어.

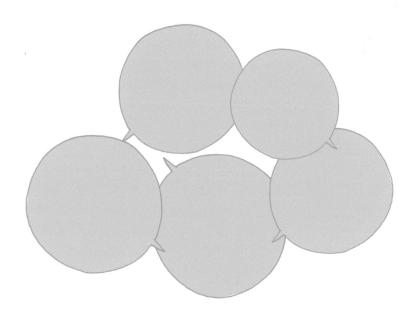

 ① 대박! 놓치지 말고 꽉 잡아.
② 정말 친절하고 다정한 사람 같아.

커플 쿠폰

연인을 위한 이벤트로 쿠폰을 발행해보세요.

연인이 쿠폰을 제시하면 쿠폰에 적혀 있는 대로 해주는 거예요.

각 쿠폰의 조건은 빈칸에 직접 써넣어주세요.

★커플 쿠폰 이벤트★

지치고 힘든 날, 왠지 심심한 날,
사랑을 확인하고픈 날, 아무 이유 없는 날!
아래 쿠폰을 잘라서 제시하면
해당 서비스를 제공해드립니다.

오늘은 내가 쏜다!	2인 합계 ( )만 원 이하	혼을 담은 마사지	( )분 이내	( )에 키스를!	아재개그 ( )개 제공	( ) 사줄게♡	노래 불러주기 곡명은 ( )

마법이 필요해

내게 특별한 능력이 있다면 연인을 위해 어떻게 쓰고 싶나요?
어떤 초능력이 좋을지 재미있는 상상으로 빈칸을 채워주세요.

내게 _____ 능력이 있다면

_____ 텐데.

GUIDE

① 내게 <u>순간 이동</u> 능력이 있다면, <u>지금 당장 네 곁으로 갈</u> 텐데.
② 내게 <u>마음을 읽는</u> 능력이 있다면 <u>네 진심을 몰라서 잠 못 이루지 않았을</u> 텐데.

나를 보여줘

연인에게 잘 보이려고 애쓰던, 혹은 지금도 애쓰고 있는 나의 모습을
떠올리며 빈칸을 채워주세요.

너에게 잘 보이려고 _____

_____ 적도 있어.

GUIDE

너에게 잘 보이려고 시사 상식 책을
사서 밤마다 열공했던 적도 있어.

꼭꼭 숨겨라

아직도 연인 앞에 서면 가슴이 콩닥콩닥.

그런 마음을 숨기려고 했던 말이나 행동을 적어주세요.

두근거리는 마음을 숨기려고 _____

_____ 적도 있어.

우리 연애의 버킷 리스트

연인이 생기면 꼭 해보고 싶었던 것들 많았죠?

그동안 꿈꿔왔던 것들을 이루기 위해 연애 버킷 리스트를 만들어보세요.

줄 맨 앞의 네모는 목표를 달성했을 경우 체크 표시를 하는 칸이에요.

붉은색 줄에는 하고 싶었던 일을 쓰고, 별에 색칠을 해서 중요도를

표시하세요. 파란색 줄에는 어떻게 목표를 달성했는지 자세하게 써주세요.

♥ Love Bucket List

☐ _____ ☆ ☆ ☆ ☆ ☆

_____

☐ _____ ☆ ☆ ☆ ☆ ☆

_____

☐ _____ ☆ ☆ ☆ ☆ ☆

_____

♡

☐ _____ ☆ ☆ ☆ ☆ ☆

☐ _____ ☆ ☆ ☆ ☆ ☆

☐ _____ ☆ ☆ ☆ ☆ ☆

☐ _____ ☆ ☆ ☆ ☆ ☆

☐ _____ ☆ ☆ ☆ ☆ ☆

♥

before와 after 두 번째 이야기

이제 60일째예요. 말풍선 안에 연인을 만나기 전에 주로 했던 생각,
걱정거리 등을 써넣어주세요.

예전에 이랬던 내가…

♡

GUIDE

① 동창 모임 가기 싫다.

② 왜 나만 갖고 그래, 나쁜 김 부장!

③ 가스비 두 달이나 밀렸는데….

말풍선 안에 연인을 만난 후 주로 하는 생각,

즐거운 계획 등을 써넣어주세요.

당신을 만난 후
이렇게 변했어.

GUIDE

① 다 잘될 거야.

② 동창 모임에는 빨간 클러치 들고 가야지

③ 내일은 신나는 데이트

Sensible or Sensitive

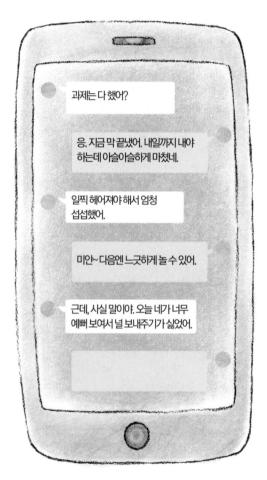

연인과의 대화는 언제든 행복하죠. 하지만 때때로 연인이 당황스럽거나 곤란한 말을 던지면 덜컥 말문이 막히기도 해요. 문자를 주고받다가 그런 상황이 생겼다고 상상하면서 문자 창의 빈칸을 채워보세요.

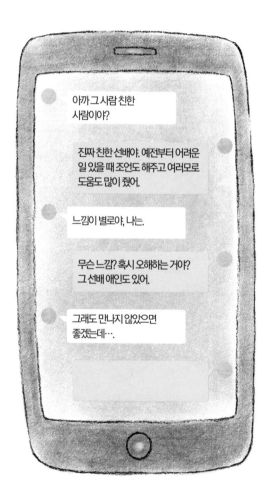

아까 그 사람 친한 사람이야?

진짜 친한 선배야. 예전부터 어려운 일 있을 때 조언도 해주고 여러모로 도움도 많이 줬어.

느낌이 별로야, 나는.

무슨 느낌? 혹시 오해하는 거야? 그 선배 애인도 있어.

그래도 만나지 않았으면 좋겠는데….

Q & A

질문에 답하면서 연인에 대한 내 마음, 그리고 나 자신에 대해서

생각해보는 시간을 가져보세요.

Q 나에게 너란?

A _____

Q 나에게 너의 손이란?

A _____

Q 나에게 립스틱이란?

A _____

Q 나에게 너와의 데이트란?

A _____

Q 나에게 음악이란?

A _____

♡

GUIDE

- Q 나에게 너란? A <u>언제나 내 편.</u>
- Q 나에게 너의 손이란? A 추운 겨울 언제나 이용할 수 있는 <u>휴대용 손난로.</u>

Q 나에게 너를 만나지 않는 하루란?

A _____

Q 나에게 커피란?

A _____

Q 나에게 달달한 디저트란?

A _____

Q 나에게 더운 여름이란?

A _____

Q 나에게 추운 겨울이란?

A _____

Q 나에게 바다란?

A _____

Q 나에게 여행이란?

A _____

생일 선물

누구나 연인에게 특별한 선물을 받길 꿈꾸죠. 오랫동안 기억에 남으면서
사랑의 의미도 되새길 수 있는 선물이 무엇일지 곰곰이 생각해보세요.
비싼 가방 같은 물질적인 것보다 더 의미 있는 선물이 있을 거예요.

_____

_____ 를(을) 선물로 받고 싶어.

♡

① 안아 들면 앞이 보이지 않을 만큼 많은 꽃을 선물로 받고 싶어.
② 네가 공방에서 직접 배워가며 만든 클러치를 선물로 받고 싶어.

러브 시크릿

연인끼리 공유하는 특별한 무언가가 있다는 건 정말 짜릿한 일이죠.
그런 것들을 적어보세요.

우리 둘만의 아지트 _____

우리 둘만의 암호 _____

우리 둘만의 비밀 _____

우리 둘이 함께 좋아하는 노래 _____

우리 둘의 커플 아이템 _____

우리 둘이 서로를 부르는 애칭 _____

또는 별명 _____

데이트 체크리스트

데이트 전 준비해야 할 게 많죠? 아래 데이트 체크리스트 중 몇 개나 나에게
해당하는지 한번 표시해보세요. □에 V 표시를 하면 돼요. 평소 데이트
준비를 할 때 빠뜨리는 것 없는지 체크하는 용도로 이용해도 좋아요.

♥ Date Checklist(D-1)

□ Where & What 어디 가서 뭐 하고 놀까? 한강 변에서 자전거를 탈까?
경리단길 맛집 투어를 해볼까? 뭘 할지 데이트 계획을 세워본다.

□ Food & Drink 분위기 좋고 맛도 좋은 레스토랑과 카페 폭풍 검색.

□ Dress Code 어떻게 입을까? 걸어 다니기 좋은 편한 옷차림을 할지 한껏
예쁘게 차려입을지 정해두기.

□ Nail 네일 손질이나 컬러링은 미리미리 해두는 게 중요. 새로 꾸미지
않더라도 벗겨지고 지저분해진 매니큐어를 지우는 건 잊지 말 것.

□ Skin Care 내일 화장이 잘 먹게 하려면 자기 전에 마스크 팩 하기.

□ Time & Route 데이트 장소까지 어떤 경로를 이용해야 하는지 알아봐 둔다.
지하철, 택시, 버스를 이용했을 때의 경로와 소요 시간 파악하기.

♡ □ Humor 연인에게 들려줄 재미있는 이야기 연습해보기. 센스 있게 보이려면
유머 감각도 필수!

♥Date Checklist(D-day)

☐ Make-up 치명적인 느낌의 레드 립을 강조하는 메이크업? 소녀 같은 분위기의 청순한 메이크업? 아이섀도부터 립스틱까지 수많은 난관을 극복하고 메이크업 완료.

☐ Hairstyling 반짝반짝 윤기 나는 머릿결을 만들기 위해 에센스 또는 오일 바르기. 그런 다음 드라이어나 고데로 헤어스타일링을 완성한다.

☐ Clothing 1 어제 생각해둔 전체적인 룩을 바탕으로 오늘 날씨와 기분에 맞춰 뭐 입을지 결정. 맨투맨과 스키니 진? 블라우스에 미니스커트? 하늘하늘 원피스? 어떤 옷이 좋을지 정한다.

☐ Clothing 2 어떤 가방이 오늘의 패션에 잘 어울릴까. 무난한 블랙 토트백, 자연스러운 분위기의 에코 백, 여성스러운 분위기를 살려줄 클러치 백…. 여러 가방 사이에서 결정 장애를 딛고 선택 완료.

☐ Clothing 3 그렇다면 신발은 뭘 신어야 하나 또 고민. 하이힐, 운동화, 로퍼, 플랫 슈즈, 부츠…. 과연 선택은?

☐ Perfume 잊지 말고 향수 뿌리기. 패션의 마무리는 역시 향수!

☐ Make-up Pouch 쿠션 팩트, 립스틱, 아이섀도, 립밤, 핸드크림, 향수 등 각종 화장품을 파우치에 챙기고 면봉까지 넣으면 준비 끝.

♥

물놀이 사랑학

다음의 장소 가운데 어디에서 연인과 시간을 보내고 싶은가요?
그 안에 감춰진 연애 심리를 알려줄게요. 원하는 곳에 체크한 뒤 오른쪽
페이지에서 해당 장소를 찾아보세요. 연인에게도 선택하게 해보세요.

☐ 호텔 루프톱 수영장　　☐ 호수

☐ 강　　☐ 폭포

☐ 만　　☐ 바다

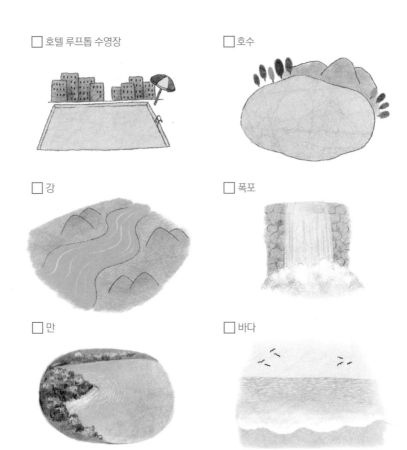

물놀이 장소와 사랑의 상관관계

어디로 물놀이를 가고 싶은지 정하셨나요? 이제 물놀이 장소에 담긴 연애 심리를 알려드릴게요.
그냥 재미로 보는 것일 뿐 너무 큰 의미를 부여하지는 마세요.

Hotel Rooftop Pool

호사스러운 호텔 루프톱 수영장에서 도시의 전경을 바라보면 정말 환상적일 거예요. 하지만 환상은 짧고, 현실은 길고도 지루한 법. 이곳을 선택한 사람은 열정적이지만 연애의 지속 기간은 길지 않을 가능성이 있군요. 연애에 대한 환상과 현실을 조화시켜 보세요.

Lake

잔잔한 호수를 바라보고 있는 것만으로도 마음이 편안해지는 것 같다고요? 이런 사람들은 잔잔하고 평화로운 인간관계를 지향하는 편이랍니다. 열렬하지는 않지만 안정된 관계를 추구하는 만큼 조금 지루한 연애가 될 수도 있겠죠. 이런 사람들에게 자꾸만 새로운 자극을 요구하지 마세요. 피곤해할 수 있으니까요.

River

흘러가는 강물을 보고 있으면 우리의 인생이 그 안에 담겨 있는 듯해요. 때로는 급류가 되기도 하고 때로는 평탄하게 흘러가기도 하는 강물. 연애에 있어서도 굴곡이랄까, 아픈 경험이 있었을 가능성이 커요. 이런 경험들을 함께 나눌 수 있는 마음이 넓은 연인이 되어주는 건 어떨까요?

Waterfall

항상 새로운 경험을 추구하는 도전 정신의 소유자이므로 구경거리, 먹을거리, 액티비티 등이 다양한 여행지를 선택하는 게 좋아요. 연애를 할 때도 늘 비슷비슷한 데이트를 하는 걸 싫어해요. 연인이 이런 성향을 갖고 있다면 옷차림이나 화장 등으로 분위기를 확확 바꿔서 지루할 틈이 없게 만들어주세요.

Bay

바다가 육지 쪽으로 쏙 들어와 있어 육지로 둘러싸여 있는 만은 아늑하면서도 왠지 고립된 느낌을 주죠. 이곳을 선택한 사람은 남들에게 방해받지 않고 둘만의 시간을 보낼 수 있는 곳으로 여행을 가고 싶은 마음이 크답니다. 조금은 은밀한 장소를 원하는 연인을 위해 좀 더 프라이빗한 숙소나 여행지를 찾아보세요. 데이트를 할 때도 마찬가지랍니다.

Sea

바다는 깊이를 알 수 없는 신비한 공간이죠. 바다를 선택한 사람의 사랑 역시 깊이가 있답니다. 한여름에는 조금 떠들썩하고 복잡한 공간일 수 있지만 그 외의 계절에 바다는 우리에게 심원한 감정을 불러일으키니까요. 당신이 생각했던 것 이상으로 연인의 사랑이 깊고 진지할지도 몰라요.

사소하고 소소한 우리 사랑

찰나의 눈길, 잠깐 입가에 머물던 미소…. 아주 작은 무언가가 마음에 파문을
일으키고 가슴을 진한 사랑으로 물들이곤 하죠. 사소하지만 사랑스럽기
그지없는 연인의 매력들을 생각하며 빈칸을 채워보세요.

_____ 를(을) 즐겨 마시는,

_____ 라는 말을 자주 하는,

_____ 표정을 자주 짓는,

_____ 를(을) 자주 입는,

_____ (이)라는 노래를 즐겨 부르는,

그런 네가 너무 좋아.

그토록 사소한 모든 것들까지 너무 사랑스러워.

♡

GUIDE 모히토를 즐겨 마시는, '그런데 말이야'라는 말을 자주 하는, 갑자기 아이처럼 응석 부리는 표정을
자주 짓는, 다 해진 체크무늬 셔츠를 자주 입는, 〈취중고백〉이라는 노래를 즐겨 부르는, 그런 네가
너무 좋아.

Dream of Love

언제나 꿈꿔오던 사랑이 있나요? 그런 사랑에 대해 써보세요.

_____ 사랑,

나는 그런 사랑을 줄곧 꿈꿔왔어.

 GUIDE ① 나의 모든 결점이나 아픔까지 다 나눌 수 있는 사랑, 나는 그런 사랑을 줄곧 꿈꿔왔어.
② 항상 서로를 존중해주는 사랑, 나는 그런 사랑을 줄곧 꿈꿔왔어.

연애 그래프

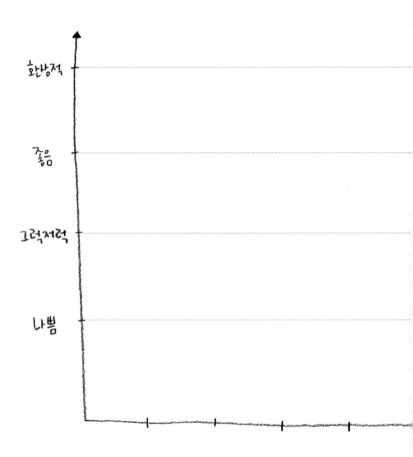

환상적

좋음

그럭저럭

나쁨

♡

연애의 순간들을 그래프로 표현해볼까요? 그래프의 가로축은 처음 만난 날부터 지금까지 있었던
중요한 일들을, 세로축은 그때의 좋고 나쁜 정도를 나타내게 될 거예요. 우선 가로축에 '첫 만남'
'반해버린 날' '첫 데이트' '놀이동산 데이트' '첫 키스' 등 그동안 있었던 중요한 일들을
써넣어보세요. 그런 다음 느꼈던 기분에 따라 적당한 부분에 점을 찍고 코멘트를 달아봅니다.
곡선으로 이으면 연애 그래프 완성! 아래의 샘플을 참고하세요.

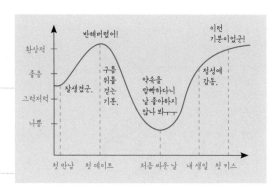

네가 모르는 나의 모습

데이트를 할 때는 메이크업부터 옷차림까지 최대한 꾸미지만, 집에서
뒹굴뒹굴할 때는 정반대의 모습인 경우가 많죠. 그런 극과 극의 모습을
생각하며 빈칸을 채워보세요. 연인은 뜻밖의 모습에 재미있어할 거예요.

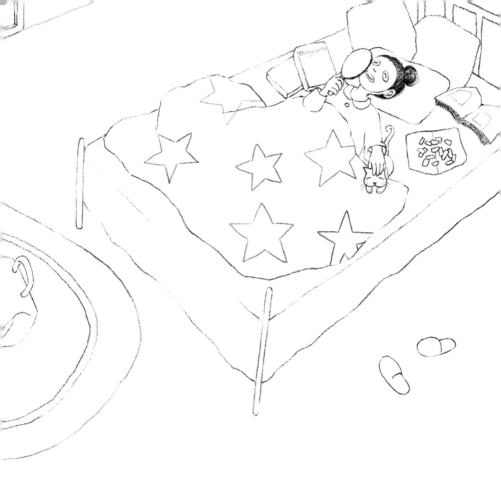

사실 말이야. 집에 있을 때 나는,

_____ .

① 집에 있을 때 나는, 10년도 더 된 낡은 잠옷 차림으로 온종일 지내.

② 집에 있을 때 나는, 대낮부터 해 질 무렵까지 소파에서 일어나지 않은 적도 있어.

행운의 사과

연애를 하는 동안 별것 아닌 일로 다투기도 하고, 제대로 사랑을 표현해주지
못할 때도 있죠. 그런 후회되는 일들을 떠올리며 빈칸을 채워보세요.
이 사과가 당신에게 놀라운 행운을 가져다줄지도 모릅니다.

_____ 서 미안해.

 ① 지금껏 한 번도 좋아한다고 말해주지 못해서 미안해.
② 지난번에 별것 아닌 일로 짜증 내서 미안해.

놀라운 감사

조금은 모자란 나를 언제나 사랑해주는 연인에 대한 고마움을 담아 빈칸을
채워주세요. 감사의 인사를 전할 때마다 놀랍게도 사랑이 한 뼘씩 쑥쑥
자란답니다.

_____서 고마워.

♥

GUIDE
① 바보 같은 짓을 할 때도 항상 이해해줘서 고마워.
② 나의 연인이 되어줘서 고마워.

우리의한달

데이트, 전화 통화, 다투거나 재미있었던 일 등 연인과의 일상을 기록한
다음, 나중에 연인과 함께 보세요. 짧은 문장에 그림까지 더해주면 더욱
재미있는 기록이 된답니다.

우리의 한 달을 기록해봤어.
무척 즐거웠던 데이트도, 못 만나서 아쉬웠던 기분도
달력 안에 생생하게 남겨져 있어.
한 달간의 우리 사랑의 기록, 함께 볼까?

① 삼청동에서 데이트, 〈로미오와 줄리엣〉 관람
② 새벽 3시까지 통화하느라 피곤
③ 과제 때문에 데이트 취소. ㅜㅜ

SUN	MON	TUE	WED	THU	FRI	SAT

세 가지 소원

연인과 나를 위한 소원을 적어보세요.

첫 번째 소원은 네가

_____ 길.

두 번째 소원은 내가

_____ 길.

세 번째 소원은 우리가

_____ 길.

GUIDE 첫 번째 소원은 네가 언제나 행복을 스스로 만들어갈 줄 아는 사람이길. 두 번째 소원은 내가 언제나
진실하게 사랑하고 감사함을 아는 사람이길. 세 번째 소원은 우리가 평생 함께하길.

네 머릿속의 지우개

연인 앞에서 했던, 제발 잊어줬으면 하는 실수가 누구에게나 있을 거예요.

그런 일을 적어보는 코너예요. 다시 떠올리게 하기 싫다고요?

하지만, 어쩌면 연인은 그런 당신의 모습을 더 사랑할지 몰라요.

완벽한 모습보다는 조금 빈틈 있는 모습이 더 사랑스러울 때도 있답니다.

I need···

_____ 일,

잊어주면 안 되겠니?

♡

① 너랑 헤어지고 뒤돌아서 뛰다가 과속 방지턱에 걸려 넘어졌던 일, 잊어주면 안 되겠니?

② 술에 취해서 너에게 "@##$%&^&*#%"라고 욕했던 일, 잊어주면 안 되겠니?

Stop or Go!

예쁜 사랑을 키워나가기 위해 하지 말아야 할 일과 해야 할 일을
생각해보세요. 하지 말아야 할 일은 지금 당장 Stop!
해야 할 일은 지금 당장 Go!

Stop _____ 말고

Go _____ 기.

Stop _____ 말고

Go _____ 기.

GUIDE
① 좋은 모습만 보여주려 하지 말고 진짜 나를 보여주기.
② 머릿속으로 온갖 오해 말고 솔직하게 터놓고 대화하기.

Yes or No!

연애에 관한 연인과 내 생각을 알아볼까요? 각각의 항목에 대해

Yes 혹은 No로 답을 하는 거예요. 여자 친구는 빨간색 네모 칸에,

남자 친구는 파란색 네모 칸에 표시하면 돼요.

Yes

No

□ □   가끔 혼자 있고 싶을 때가 있다.   □ □

□ □   내가 상대방을 더 사랑하는 것 같다.   □ □

□ □   연인끼리는 절대 비밀이 있으면 안 된다.   □ □

□ □   함께 있을 때 아무 말 하지 않아도 편하다.   □ □

□ □   연인의 과거 연애사는 모르는 편이 낫다.   □ □

□ □   옛 애인과 친구로 지낼 수 있다.   □ □

□ □   연인에게 이성 친구가 많은 게 신경 쓰인다.   □ □

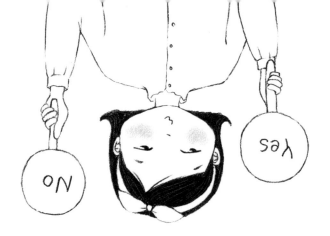

Yes				No	
☐	☐	기념일은 꼭 챙겨야 한다.		☐	☐
☐	☐	연인이 이벤트를 해주는 게 좋다.		☐	☐
☐	☐	불만은 그때그때 말하는 편이 좋다.		☐	☐
☐	☐	연인이 혼자 여행 가는 걸 허락할 수 있다.		☐	☐
☐	☐	매일 전화하지 않는 건 사랑이 식었기 때문이다.		☐	☐
☐	☐	연인을 의심한 적이 있다.		☐	☐
☐	☐	대화보다 스킨십이 더 좋다.		☐	☐
☐	☐	연인이 나에게 집착하는 게 좋을 때도 있다.		☐	☐
☐	☐	연인이 이성 친구와 단둘이 만나 놀아도 괜찮다.		☐	☐

♥

운명의 사다리 타기

데이트할 때 뭐 먹을지 항상 고민이죠? 이번 데이트 때는 사다리 타기로
결정해보면 어때요? 가위바위보를 한 결과에 따라 사다리의 출발점을
정하는 거예요. 예를 들어 남자 친구가 가위로 이겼으면 '남자 ✌️'에서
출발하면 돼요.

운명이 결정해준 오늘의 메뉴는 뭘까?

♡

남자　　남자　　남자　　여자　　여자　　여자

입 안이 화끈화끈.
매운 불닭발,
매운 떡볶이,
매운 짬뽕.

똠얌꿍, 타코.
이국적인 동남아
혹은 멕시코
요리에 도전.

느끼하고
부드러운 크림 맛에
빠지고파. 크림
파스타, 리소토.

역시 외식은
치킨이지.
양념치킨,
프라이드치킨.

한두 가지
음식으로
만족할 수 없다.
뷔페로 고고.

지글지글 불판에
고기 구워 먹자.
삼겹살, 아니면
꽃등심?

타임캡슐

연인과 함께했던 일들을 떠올리면서 빈칸을 하나하나 채워보세요.
시간이 지난 뒤에 타임캡슐을 열듯이 이 페이지를 펼쳐보면
재미있을 거예요.

가장 재미있었던 영화는 _____ ,

가장 지루했던 영화는 _____ ,

가장 맛있었던 음식은 _____ ,

가장 맛없었던 음식은 _____ ,

가장 좋았던 데이트 장소는 _____ ,

가장 멀리 갔었던 데이트 장소는 _____ ,

♡

가장 좋았던 선물은 내 별자리 모양의 목걸이, 가장 행복했던 때는 당신에게 사랑한다는 말을
들었던 순간이야.

가장 자주 갔던 카페는 _____,

가장 자주 갔던 음식점은 _____,

가장 좋았던 선물은 _____,

가장 행복했던 때는 _____ 야.

닮은꼴 그리기

삐죽삐죽 선인장, 동글한 얼굴의 인형, 발그레한 복숭아 등 사람의 성격이나 외모를 닮은 사물이 우리 주변에는 참 많아요. 연인과 닮았다고 생각되는 사물을 아래 빈 공간에 그려주세요. 상상력을 발휘해 재미있는 그림을 그려보세요.

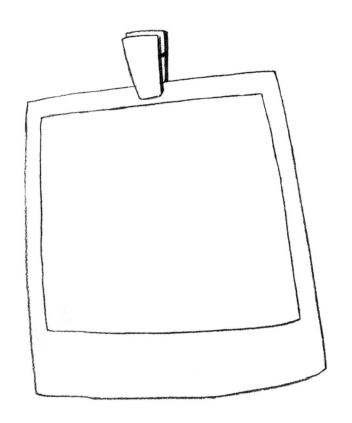

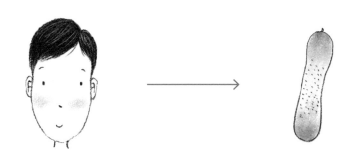

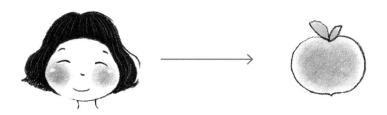

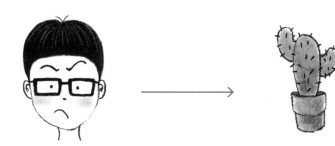

사랑의 표지판

운전을 할 때는 도로의 표지판들을 잘 봐야 안전 운전을 할 수 있죠.
사랑은 어떨까요? 표지판 옆에 연인에게 하고 싶은 말을 써주세요.
이것만 잘 지켜도 싸울 일이 확 줄어들 거예요.

사랑의 안전 운행을 위해서도 표지판이 필요한 것 같아.
잘못된 행동은 피하고, 서로 양보하고, 항상 조심하면
서로를 아프게 하는 사고는 일어나지 않을 거야.

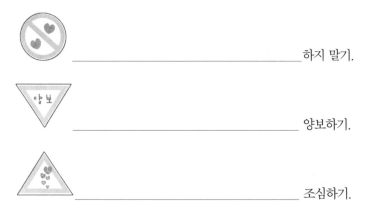

_____ 하지 말기.

_____ 양보하기.

_____ 조심하기.

♡

함께 성장하는 커플

두 사람이 함께할 수 있는 목표를 설정해보세요. 공통의 관심사를 갖고
함께 노력하다 보면 둘 사이가 더 끈끈해질 거예요.

우리 함께

_____ 에

도전해보자!

GUIDE 우리 함께
힙합 패션에 도전해보자!

원더풀 여행 플랜

나와 연인의 취향에 꼭 맞는 여행지는 어디일까 궁금하죠? 아래에 제시된 항목들 가운데 원하는 여행 스타일에 부합하는 항목에 체크 표시를 한 다음, 해당하는 여행지를 오른쪽 페이지에서 찾아보세요.

이번에는 우리 해외로 여행을 떠나볼까?
남태평양의 섬부터 북해도의 설원까지,
우리에게 꼭 맞는 여행지를 찾아보자.

★원하는 항목에 체크하기

북적북적 ☐   고요 ☐

쇼핑 ☐   관광 ☐

활동 ☐   휴식 ☐

자연 ☐   도시 ☐

스타일별 추천 여행지

나의 여행 스타일과 어울리는 여행지는 어디일까요? 150페이지에서 체크한 항목과 부합하는
여행지를 아래에서 찾아보세요.

북적북적□ 고요☑   **홋카이도 온천 여행**
쇼핑□   관광□   눈이 많은 홋카이도는 겨울 여행이 참맛. 설경을 보며 노천 온천에
활동□   휴식☑   몸을 담그면 세상 피로가 다 사라지는 듯 하죠. 온천의 온도만큼
자연☑   도시□   사랑의 온도도 올라갈 거예요.

북적북적□ 고요☑   **몽골 고비사막, 모로코 사하라사막 여행**
쇼핑□   관광□   고요한 여행지를 원하지만 가만히 쉬기는 싫다면 사막으로
활동☑   휴식□   떠나보세요. 사막 투어에 참여하면 사막 캠핑이나 낙타 라이딩을
자연☑   도시□   즐길 수 있거든요. 절대 고요 속에서 사막의 밤을 경험해보는 것예요.

북적북적□ 고요☑   **중국의 리장, 이탈리아의 베네치아 등 옛 도시 여행**
쇼핑□   관광☑   유명 여행지라 절대 고요를 누리긴 힘들 수도 있지만 대도시에
활동☑   휴식□   비하면 충분히 고요해요. 명소들을 구경하고 골목 구석구석의 작은
자연□   도시☑   가게나 음식점들을 탐방하는 재미도 쏠쏠하답니다.

북적북적☑ 고요□   **도쿄, 뉴욕 대도시 여행**
쇼핑□   관광☑   북적이는 사람들 속에서 활동적으로 즐기고 싶다면 역시 뉴욕이나
활동☑   휴식□   도쿄가 제격이죠. 도심 안에 관광 명소도 많아 활동적인 사람에게는
자연□   도시☑   딱 맞는 여행지예요.

북적북적☑ 고요□   **홍콩으로의 쇼핑 여행**
쇼핑☑   관광□   대도시의 북적거림이 좋지만 관광보다는 쇼핑이 주된 목적이라면
활동☑   휴식□   역시 홍콩! 여름과 겨울의 대규모 세일 시즌에 찾으면 쇼퍼들은 물
자연□   도시☑   만난 고기처럼 행복할 거예요.

북적북적☑ 고요□   **크루즈 여행**
쇼핑☑   관광☑   소개된 항목 모두를 충족시키는 게 바로 크루즈 여행이예요. 대규모
활동☑   휴식☑   크루즈는 클럽, 카지노, 수영장 등 즐길 거리가 많지만, 객실 혹은
자연☑   도시☑   갑판에서 바다를 바라보며 고요함을 마음껏 누릴 수도 있습니다.
새로운 도시에 도착하면 배에서 내려 관광과 쇼핑을 하고, 객실로
돌아온 뒤에는 배 안에서 느긋하게 쉬면 돼요.

세기의 러브 스캔들

오른쪽 페이지의 잡지 표지를 직접 멋지게 완성해보세요. 잡지 제목을 정한 다음 연인과 함께 찍은 사진을 붙이거나 그림을 그리고, 손글씨로 둘에 관한 기사 제목을 써넣어주세요.

우리가 주인공인 잡지 표지를 만들어볼까?
우리 언제까지나
이 아름다운 러브 스토리의 주인공처럼 사랑하자.

Couple Magazine 세기의 커플 탄생! 압구정 등지에서 심야 데이트 즐기는 모습 포착!
주변 사람들의 부러움 한 몸에 받고 있어.

타임머신

사랑을 하게 되면 '만약 ~했더라면' 하는 가정을 많이 하게 되죠.

아마 더 멋진 사람, 더 좋은 사람이 되고 싶은 마음 때문일 거예요.

그런 아쉬운 마음과 소망을 담아 빈칸을 채워보세요.

시간을 되돌릴 수 있다면

_____고 싶어.

왜냐하면

_____ 때문이야.

 시간을 되돌릴 수 있다면 너를 처음 만났던 때로 돌아가고 싶어. 왜냐하면 너와의 추억을 더 많이

쌓고 싶기 때문이야.

오늘은 단둘이

연인과 단둘만의 시간과 공간이 주어진다면 뭘 하고 싶은지 상상해보세요.
카페 옆자리에서 시끄럽게 떠들어대는 손님도 없고, 얼쩡대며 신경 쓰이게
하는 존재라곤 없는 그런 순간 말이에요. 그런 순간을 상상하며 빈칸을
채워주세요.

누구의 방해도 받지 않고 너와 단둘이

_____고 싶어.

GUIDE 누구의 방해도 받지 않고 너와
단둘이 카리브 해의 해변에서
일광욕을 하고 싶어.

최고의 순간

연인과 함께했던 최고로 멋진 일은 무엇인가요?

빈칸에 써넣어보세요.

우리가 함께했던 것 중 가장 멋진 일은 바로

_____ 야.

♡

✂ GUIDE ① 우리가 함께했던 것 중 가장 멋진 일은 바로 길 잃은 강아지의 주인을 찾아줬던 거야.

② 우리가 함께했던 것 중 가장 멋진 일은 바로 <u>수많은 사람 가운데 서로를 알아보고 사랑에
빠진</u> 거야.

고해성사

우리는 크고 작은 거짓말을 하며 살아가죠. 연인 사이도 마찬가지잖아요.
연인에게 했던 사소한, 혹은 커다란 거짓말을 이 기회에 고백해보세요.

_____고

너에게 거짓말했어.

 구두가 없어서 할인할 때 하나 샀다고 너에게 거짓말했어.
GUIDE 사실 신발장 가득 비슷한 구두가 넘쳐나는데….

사실

_____ .

일치도 테스트

아래에 vs 형식으로 제시된 두 가지 중에서 나는 어느 쪽에 가까운지
표시해보세요. 연인도 함께 해보면 두 사람의 성격이 얼마나 비슷하거나
다른지 알 수 있겠죠? 여자 친구는 빨간색 하트로, 남자 친구는 파란색
하트로 해당 항목 옆에 표시해주세요.

나는 둘 중 어느 쪽?

당신은 둘 중 어느 쪽?

사람 많은 곳은 질색   VS   북적이는 게 좋아

정리 천재   VS   정리 백치

일단 계획   VS   일단 시작

협력형   VS   독립형

언제나 평온   VS   언제나 폭발 직전   초민감   VS   초둔감

실패하면
어떡하지?   VS   어떻게든
되겠지!   혼자가 편해   VS   누구든 대환영

감성   VS   이성   약속은 칼같이   VS   얼렁뚱땅
대충대충

before와 after 세 번째 이야기

러브장을 쓴 지 벌써 90일째네요. 연애 기간이 길어지면 처음과는 많은 것이 달라지죠. 예전과 지금의 달라진 모습을 생각하며 빈칸을 채워보세요.

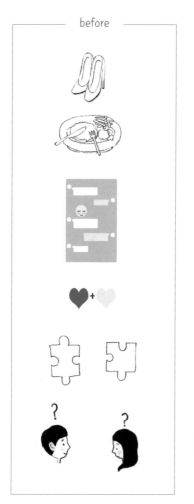

우리 예전과는 조금 달라졌지?

예전에 우리는 _____ 만,

지금 우리는 _____지.

익숙함과 편안함이라는 핑계로 소홀함을 변명할 때도 있지만,

더 *끈끈해지고* 더 닮아가고 더 서로를 이해하게 되었어.

난 믿어.

뜨겁던 열정이 서로를 덥혀주는 따스한 온기로 바뀌고,

미칠 듯이 두근대기만 하던 두 심장이 이제 하나로 이어지고 있다는 걸.

① 예전에 우리는 <u>아이스크림 하나 고를 때도 의견이 달랐</u>지만, 지금 우리는 <u>죽이 척척 맞</u>지.
② 예전에 우리는 <u>하루라도 못 보면 병이 날 것 같았</u>지만, 지금 우리는 <u>깜빡하고 온종일 연락조차</u>
<u>안 할 때도 있</u>지.

내 마음을 말해주는 시

사랑에 빠진 사람은 시인의 눈과 가슴을 갖게 되죠. 내 마음을 말해주는
듯한, 아름다운 사랑의 시를 아래의 빈 공간에 직접 손글씨로 써보세요.
오른쪽 페이지에서 소개하는 시집에서 좋은 시를 찾아서 적어도 좋아요.

사랑의 언어들로 가득한 시집들

『사랑은 시처럼 온다』, 신현림, 북클라우드
사랑에 관한 시와 그림과 사진을 담은 선집으로, 가슴을 울리는 사랑의 시들을 아름다운 그림
혹은 사진과 함께 감상할 수 있습니다. 엘리자베스 브라우닝의 「사랑의 되뇌임」,
프랜시스 잠의 「애가 14」, 정호승의 「미안하다」 등 동서고금을 막론한 사랑의 시들이
고흐, 클림트, 마네, 베르메르 등의 그림과 어우러져 있어요.

『그녀에게』, 나희덕, 예경
여자들의 사랑, 열망, 아픔을 담고 있는 시들을 만날 수 있는 시집입니다. '너에게 가지
않으려고 미친 듯 걸었던 / 그 무수한 길도 / 실은 네게로 향한 것이었다'라는 문장으로
유명한 「푸른 밤」을 비롯해 「사랑」 「그대가 오기 전날」 등의 시들이 실려 있어요. 지지 밀스,
카렌 달링, 안나 앙케 등 여성의 내면 풍경을 포착해낸 여성 화가들의 작품들을 감상하는
것도 또 다른 즐거움이죠.

『엘리자베스 브라우닝의 사랑시』, 엘리자베스 브라우닝, 지만지
엘리자베스 브라우닝은 남편인 로버트 브라우닝에 대한 절절한 사랑을 노래했던 시인으로
유명하죠. '그대가 나를 사랑한다면, 다른 아무것도 아닌, / 오직 사랑 그 자체만을 위해
사랑해주세요'라는 구절로 유명한 「그대가 나를 사랑한다면」이라는 시도 실려 있어요.
이외에도 열정적인 사랑의 감정을 담은 시들이 가득하답니다.

『스무 편의 사랑의 시와 한 편의 절망의 노래』, 파블로 네루다, 민음사
젊은 날의 열정과 절망에 관해 노래하는 네루다의 시들을 만날 수 있어요. 네루다는 시로
노벨문학상을 타기도 했죠. '너는 내 영혼 같고, 꿈의 나비 같으며 / 그리고 너는 멜랑콜리라는
말 같다.' 「나는 네가 조용한 게 좋다」의 한 구절입니다. 사랑에 관해 조금쯤 진지하게
생각해보게 해주는 시들을 만날 수 있답니다.

『왜 사랑하느냐고 묻거든』, 김남조·고은 외, 문학과 사상
사랑이라는 주제로 쓴 시만을 선별해 담은 책으로, 이해인, 김남조, 김용택, 고은, 함민복,
신달자, 나희덕 등 참여한 작가들의 이름만으로도 가슴 설레는 책이에요. '사랑한다는 것은
/ 꽃다발을 바치는 것 / 저녁 늦게까지 온몸이 꽃다발이 되어 / 들고 서 있는 것.' 고영민의 시
「꽃다발」의 한 구절이에요. 절절한 사랑의 감정이 전해지지 않나요?

사랑의 퍼즐

오른쪽 페이지의 퍼즐을 가위로 오린 다음, 완벽한 그림이 되도록
퍼즐을 맞춰보세요. 완성된 퍼즐을 아래의 액자 안에 붙이고 멋진 그림을
감상해보세요.

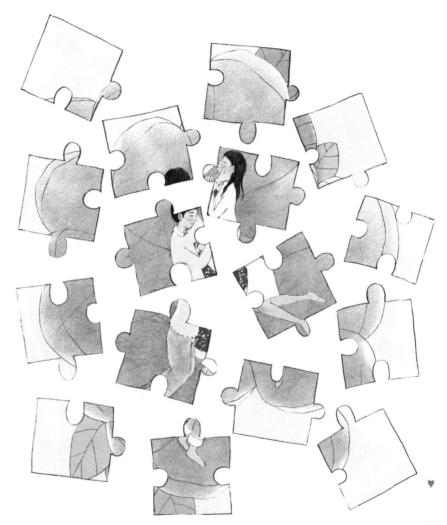

당신은 나의 치료제

연인의 존재는 힘들고 지치는 순간을 견디게 하는 힘이 되죠.
나에게 힘을 주는 연인의 말을 적어주세요.

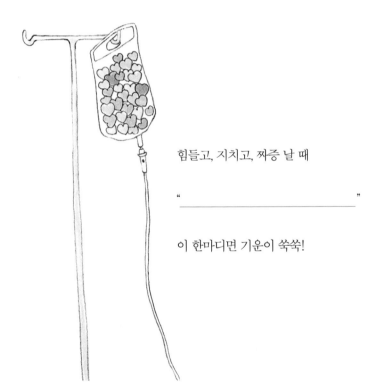

힘들고, 지치고, 짜증 날 때

" _____ "

이 한마디면 기운이 쑥쑥!

① 힘들고, 지치고, 짜증 날 때 "사랑해" 이 한마디면 기운이 쑥쑥!
② 힘들고, 지치고, 짜증 날 때 "내가 맛있는 떡볶이 만들어줄까?" 이 한마디면 기운이 쑥쑥!

Love Forever

사랑에 위기가 찾아왔을 때 잘 대처해야 오랫동안 예쁜 사랑을 할 수 있는 법이죠. 갈등을 어떻게 풀어가야 할지 생각하면서 1기페이지의 문제를 풀어보세요. 왼쪽의 문제에 대해 가장 적절한 해답을 오른쪽에서 찾아 선을 그으면 돼요.

우리 내 것만을 고집하지 않고
서로 이해하고 양보하면서 사랑하자.

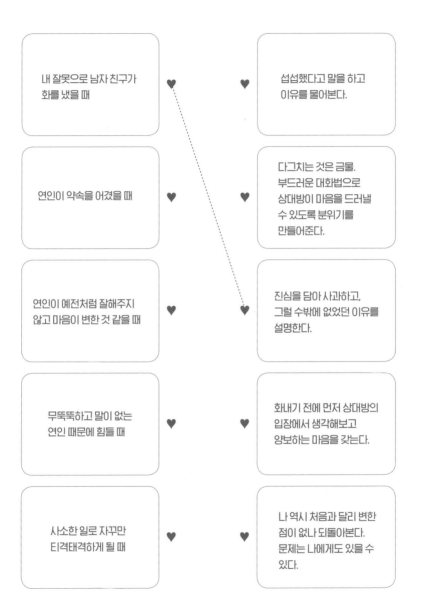

내 잘못으로 남자 친구가
화를 냈을 때

♥

♥

섭섭했다고 말을 하고
이유를 물어본다.

연인이 약속을 어겼을 때

♥

♥

다그치는 것은 금물.
부드러운 대화법으로
상대방이 마음을 드러낼
수 있도록 분위기를
만들어준다.

연인이 예전처럼 잘해주지
않고 마음이 변한 것 같을 때

♥

♥

진심을 담아 사과하고,
그럴 수밖에 없었던 이유를
설명한다.

무뚝뚝하고 말이 없는
연인 때문에 힘들 때

♥

♥

화내기 전에 먼저 상대방의
입장에서 생각해보고
양보하는 마음을 갖는다.

사소한 일로 자꾸만
티격태격하게 될 때

♥

♥

나 역시 처음과 달리 변한
점이 없나 되돌아본다.
문제는 나에게도 있을 수
있다.

♥

그래서

사랑에 빠진 사람의 눈에 연인은 늘 장점으로 가득한 존재로 보이죠.
내가 연인을 사랑하는 이유를 써보세요.

너 _____.

그래서 널 사랑해.

GUIDE

① 넌 항상 날 웃게 만들어. 그래서 널 사랑해.
② 넌 패셔너블하고 재치가 넘치지. 그래서 널 사랑해.

그럼에도

사랑에 빠진 사람의 눈에는 연인의 결점조차 큰 문제가 되질 않죠.
그런 마음을 담아 빈칸을 채워보세요.

———————————— 너.

그럼에도 널 사랑해.

GUIDE

① 바쁠 때는 자기 생일조차 잊어버리는 너. 그럼에도 널 사랑해.
② 종종 양말을 짝짝이로 신고 나타나는 너. 그럼에도 널 사랑해.

얼렁뚱땅 타로 점

타로가 나와 연인의 미래를 말해줄 거예요. 먼저 아래 여섯 개의 타로 가운데
하나를 선택한 뒤, 오른쪽 페이지에서 각 카드에 담긴 의미를 확인해보세요.
다음 페이지의 설명을 보지 않은 상태에서 직관적으로 선택해야 합니다.

우리의 사랑을 한번 점쳐볼까?

타로가 알려주는 연애운

각 카드에 담긴 사랑의 미래를 알려줄게요. 원래 타로는 일흔여덟 장이나 되지만 여기서는 여섯 장의 카드만 골랐어요. 타로를 이용해 미래를 점치는 방법이나 해석하는 방법 역시 실제로는 훨씬 더 복잡하고 다양하다는 것 알아두세요

The Sun
태양에서 받을 수 있는 느낌처럼 밝고 긍정적인 에너지를 가진 카드예요. 지금 당신은 태양만큼이나 뜨거운 사랑에 빠져 있군요. 연애는 순탄하게 흘러가고 연인 사이에 마음이 잘 통할 거예요. 친구 같은 연애를 하는 사람들에게 잘 나오는 카드이기도 합니다.

The World
세계 카드는 자기 세계가 강해 상대를 만나기 어려운 사람들에게 자주 나온답니다. 하지만 만약 연애를 하고 있는 상태라면 이 카드는 행복의 절정을 말해줘요. 왜냐하면 세계 카드는 성취와 완성의 카드거든요. 당신의 연애는 더할 나위 없이 만족스러운 상태!

The Star
빛나는 별을 바라보고 있는 카드 속 여자처럼 어려운 상황에서도 사랑에서 한 줄기 희망을 발견할 수 있을 거예요. 동경의 대상과의 사랑, 이상적인 연인, 헌신적인 사랑을 말해주는 카드로 오래된 연인 사이라면 결혼의 가능성도 커지고 있어요. 카드의 별이 당신을 밝은 미래로 인도해주기 때문이죠.

Two of Cups
가볍게 만나는 연인 사이라면 둘 사이가 한층 더 진지하게 발전할 거예요. 한편 다투었거나 관계가 소원해져 있었던 연인이라면 이제 어려운 시기가 끝나가고 있으니 걱정하지 마세요. 두 사람은 화해하게 되고 관계가 회복될 거예요.

The Magician
마법사 카드는 당신의 연인이 최고라고 말해주고 있어요. 연인으로서나 배우자로서나 더할 나위 없이 훌륭한 사람으로, 당신을 진지하게 생각하고 있고 항상 다정하게 대해줍니다. 연애의 스트레스 따위는 없는, 그야말로 축복받은 연인 관계라고 할 수 있어요.

The Hanged Man
매달린 남자 카드를 선택한 사람은 헌신적이고 희생적인, 조금은 힘든 사랑을 하고 있을 가능성이 커요. 사랑을 지키기 위해 연인의 나쁜 점마저도 수용하고 인내하고 있는 상황이라고 할까요.

Kiss, Kiss, Kiss

첫 키스의 순간은 잊을 수 없죠. 그때의 분위기, 그때의 느낌을 떠올리며
빈칸을 채워보세요.

우리의 첫 키스,

난 _____ 같았어.

① 우리의 첫 키스, 난 우리를 둘러싼 세계가 멈춘 것만 같았어.
② 우리의 첫 키스, 난 이런저런 생각으로 머리가 터질 것 같았어.

손편지 주고받기

연인에게 직접 긴 편지를 써보세요. 글 솜씨는 중요하지 않아요.
정성과 진심을 담는 것만으로 충분하답니다.

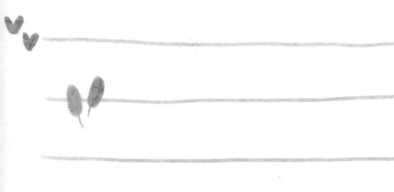

두근두근 프러포즈

연인에게서 프러포즈를 받는 순간. 상상만으로도 가슴이 떨려오죠.
내가 받고 싶은 프러포즈는 어떤 모습인가요?

내가 받고 싶은 프러포즈는

_____ 야.

GUIDE

① 내가 받고 싶은 프러포즈는 온 마음을 담은 진심 어린 고백이야.

② 내가 받고 싶은 프러포즈는 영화 〈러브 액추얼리〉의 스케치북 고백 같은 거야.

사랑을 기록하는 일은 새싹에 물을 주는 일과 같아서 한 번 기록할 때마다
사랑이 한 뼘씩 자라난답니다.

러브 다이어리를 쓰는 동안 당신의 사랑은 쑥쑥 자라
비바람에도 흔들리지 않는 뿌리 깊은 나무로 성장했을 거예요.
이제 그 나무에 영원한 사랑과 행복이라는 열매들이
가득 열리기를 소망합니다.

커플을 위한 러브 다이어리

오늘부터 _____ 1일

초판 1쇄 인쇄 2017년 2월 6일
초판 1쇄 발행 2017년 2월 13일

글 김지야
그림 선미화

발행 (주)조선뉴스프레스
발행인 김창기
편집인 우태영
기획편집 김화(출판팀장), 김민정, 박영빈
판매 방경록(부장), 최종현
디자인 Designgroup ALL

편집문의 724-6726~9
구입문의 724-6794, 6797
등록 제301-2001-037호
등록일자 2001년 1월 9일
주소 서울특별시 마포구 상암산로 34 DMC 디지털큐브빌딩 13층 (03909)

값 13,800원
ISBN 979-11-5578-442-6 03810

삶을 아름답고 풍요롭게 만드는 도서를 출판하는 조선앤북에서는
예비 작가분들의 소중한 원고를 기다립니다.
블로그 blog.naver.com/chosunnbook
이메일 chosunnbook@naver.com

김지야

다년간 잡지 에디터로 근무하면서 '시크한 글발'을 인정받았다. 서툰 연애, 아픈 사랑으로 고민하는 지인들의 연애 상담을 해주다 보니 어느 날부터 연애 상담의 고수, 연애 전문 에디터로 불리고 있었다. 고려대학교에서 서어서문학을 전공했으며 잡지 에디터를 거쳐, 현재 프리랜서 에디터로 활동하고 있다. 지은 책으로 『내 사랑이 아프다』가 있다.

선미화

언제나 이름(美畵)처럼 아름다운 그림을 통해 사람들이 행복해지고 고단한 마음 쉬어갈 수 있기를 꿈꾸며 그림을 그린다. 홍익대학교에서 조소, 숙명여자대학원에서 아동문화콘텐츠학을 전공하였고 현재 그림책을 포함, 다양한 분야의 그림 작업을 하고 있다. 지은 책으로 『당신을 응원하는 누군가』 『당신의 계절은 안녕하신가요』가 있다.

블로그 | www.illumi33.blog.me
인스타그램 | @mi.hwa